作家榜经典文库®

★ ★ ★ ★ ★ ★ ★ ★ ★ ★

读 经 典 名 著，认 准 作 家 榜

春潮

[俄] 屠格涅夫 著
骆家 译

中信出版集团 | 北京

图书在版编目（CIP）数据

春潮 /（俄罗斯）屠格涅夫著；骆家译 . -- 北京：中信出版社，2020.1（2021.10 重印）
（作家榜经典文库）
ISBN 978-7-5217-1274-2

Ⅰ . ①春… Ⅱ . ①屠… ②骆… Ⅲ . ①中篇小说—俄罗斯—近代 Ⅳ . ① I512.45

中国版本图书馆 CIP 数据核字 (2019) 第 264089 号

春潮

著　　者：[俄] 屠格涅夫
译　　者：骆家
出版发行：中信出版集团股份有限公司
（北京市朝阳区惠新东街甲 4 号富盛大厦 2 座　邮编　100029）
承 印 者：浙江新华数码印务有限公司

开　　本：889mm × 1194mm　1/32　　印　　张：7.5　　字　　数：145 千字
版　　次：2020 年 1 月第 1 版　　印　　次：2021 年 10 月第 2 次印刷
书　　号：ISBN 978-7-5217-1274-2
定　　价：39.80 元

那一天糖果店的全体成员无一例外他都认识了，他们悉数出席作陪，包括狮子狗塔尔塔利亚和小公猫。大家都感到一种说不出的幸福。

他很快就要与她分离，也许是永远，但只要跟乌兰德浪漫曲中同样的小船儿能载着他们在生活平静的水流中泛舟——那就尽情快乐吧，享受吧，旅行者！

于是杰玛用双手一下子抓住他的肩头，胸脯贴在了他的头上。喧嚣声、叮当声和轰隆声持续了一分多钟……狂暴的旋风如巨大的鸟群般呼啸而过之后……一切又重归寂静。

决定性的时刻到来了……

两人举起了自己的那把枪……

现在他可以看见她纤弱、清丽的侧影了，他觉得，他从未见过如此美好的侧影，也从未体验过此时此刻的这种感觉。

大地一片光明，好像阳光普照，只有无穷无尽的欢乐和喜悦！他想的就是这样的明天——他的心在没完没了的等待生出的麻木不仁的忧愁中再一次高兴得都快停止了跳动。

正值夏季，晨风扑面而来，在耳边呜呜直响、呼啸而过。他们心旷神怡：对年轻、健康的生命以及自由自在、勇往直前的奔跑的认知俘获了他们俩，这种认知每时每刻都在滋长。

春　潮

欢乐的岁月，
幸福的时光——
恰似春潮
转瞬即逝！

——摘自古老的情歌

深夜一点多钟他回到自己的书房。他打发走点亮蜡烛的仆人，瘫倒在壁炉旁的沙发椅里，双手捂住脸。他从未感到如此疲倦——身体上的和精神上的。整个晚上他都跟可爱的太太们、有修养的先生们度过；有几位太太很漂亮，几乎所有的先生都既充满智慧又富有才华——他自己的谈话也很成功、甚至可以说出色……尽管如此，罗马人早就说过的那种“taedium vitae”，即那种“对生活的厌倦”——却从未以一种如此不可抗拒的力量将他攫取，使他窒息。倘若他再年轻一点——他也许可以因忧郁、苦闷和愤懑而大哭一场：一股浓烈而炙热的苦涩好像艾蒿的苦涩般充盈他的整个心灵。一种萦绕不去又令人厌烦、麻木不仁又沉郁的心情从四面八方仿佛惆怅的秋夜包裹他。他不知道怎样才能摆脱这漆黑的夜，还有这种痛苦。睡觉是根本指望不上了：他清楚自己不可能睡得着。

他陷入了沉思……缓慢地、慵懒地、忿忿不平地。

他思考着整个人生的虚妄无用和人的庸俗伪善。人生的各个阶段渐渐地开始在他脑海里浮现（他前不久刚满五十岁）——没有一个年头让他能宽恕自己。到处只有永恒的虚掷光阴，只有毫无意义的空谈，只有半是有心、半是无意的自我陶醉——只要能哄孩子不哭，拿任何东西都情愿，突然间，意料不及就像雪花砸在头上，霎时就已人到老年——随之而至的是时时增长、被慢慢腐蚀和啃噬的对死亡的恐惧……扑通一声坠入万丈深渊！假如生命如此终结，幸之！否则，很可能临终之前，病痛和灾难等等就会像铁生锈一样接踵而至……他本以为，生活的海洋，就像诗人们描述的那样，并非全是惊涛骇浪——错了；他想象中的这个海洋风平浪静，直到最深的海底都静止不动和清澈透明；他自己坐在随时都可能倾覆的一叶扁舟上——而在那黑暗的满是淤泥的海底，隐约可见的尽是体型巨大的貌似鱼类一般的狰狞怪物：那代表着所有尘世间的疾患、病痛、苦难、疯狂、贫穷、盲目……他望着，忽然一头怪物从黑暗中窜出来，越升越高，面目愈来愈清晰可辨、清晰得愈来愈可憎。再过一会儿——被它顶起的这一叶扁舟眼看着就要被顶翻了！但是它仿佛又变得模糊起来，它游开了，潜入海底去了——它躺在那里，微微扇动四周的水波……但时辰一到——它定掀翻小船。

他摇摇头，从沙发椅中跳起来，在书房里走了两圈，又坐到书桌前，将抽屉一个接一个地拉开，开始在自己的纸堆中翻找，那些多数是以前女人写来的信笺。连他自己也不知道要干什么，他什么也不找——他只是想手上忙些什么以摆脱折磨他的那些胡思乱想。他随手翻开几封信（其中一封信中夹着一朵干枯了的、扎着一根掉了些颜色的丝带的花）——他只是耸了耸肩，朝壁炉看了一眼，就把信件扔了过去，也许是想着把这没用的废弃之物付之一炬吧。他的手从一个抽屉伸到另一个抽屉地忙乎，突然他睁大了眼睛，慢慢地捧出一个不大的老式八角盒，慢慢地打开了盒盖儿。盒子里，在两层发黄的棉布下面，是一枚镶满深红色石榴石的小十字架。

他疑惑不解地对着这枚十字架凝神望了一会儿——突然轻轻地叫出声来……脸上露出不知道是悔恨还是高兴的表情。一个人出现类似的表情，一般情况下是当他突然邂逅一位久无音讯的人，一位他曾经温柔地爱过的人，一位现在突然出现在他眼前、人还是那个人，却被岁月完全改变了的人。他站起身，踱到壁炉跟前，又坐回沙发椅中——又用双手捂住脸……“为什么是今天？恰恰是今天呢？”他暗想着，他又回忆起许多早已逝去的陈年往事……

以下就是他回忆的故事……

但首先得交代一下他姓甚名谁。他叫萨宁，德米特里·巴甫洛维奇·萨宁。

以下就是他的回忆：

1

故事发生在一八四〇年夏天。萨宁刚过二十二岁，正从意大利返回俄罗斯，途中在法兰克福短暂停留。尽管他家境不算殷富，但经济也说得上自由，几乎没有家庭的拖累。一位远房亲戚的去世留给他几千卢布——因而在赴任当差之前，在给自己彻底套上这副该死的轭头（没有这副轭头，高枕无忧的生活对于他是无法想象的）之前，他决定出国旅行花掉它。萨宁不折不扣地完成了自己的计划，并且他筹划得非常精准，在抵达法兰克福的那一天，他身上所剩下的钱刚好够他支付返回彼得堡的旅费。一八四〇年建成的铁路线还很稀少；旅行的先生们一般租用四轮马车出行。萨宁在“贝瓦金”[1]车厢里面订好一个座位；可是四轮马车要到晚上十一点钟才发车。时间很充裕。所幸天气也极好，萨宁在当时非常有名的“白天鹅”宾馆吃好午饭后，就逛街去了。他顺路去看了丹涅克尔的阿莉阿德娜雕

1　音译自德语“Beiwagen”一词，意即四轮马车后面的拖挂车厢。

像[1]，他并没怎么喜欢，还参观了歌德故居，说明一下，歌德的作品他只读过一本《维特》[2]——而且还是法文译本；沿着美茵河畔走了一会儿，跟一个普通旅行者一样甚感无聊；终于，到了晚上六点钟，累极了，拖着沾满灰尘的双脚，他拐进了法兰克福最不起眼的一条小街。正是这条小街让他此后久久无法忘怀。街上不多的房子中，他看见有一幢悬挂着“乔万尼·洛泽里意大利糖果店”的招牌，像在招揽行人。萨宁走了进去，想买一杯柠檬水喝；可第一间屋里简易的柜台后面，像药店似的油漆过的储物柜板上，摆放着几个带金色标签的玻璃瓶和玻璃罐，里面装有面包干、巧克力饼干和水果糖之类——这间屋里一个人也没有；只有一只灰猫，在靠近窗户的一张高高的藤椅上不时地蹬着爪子、眯着眼打呼噜，在夕阳斜照下，地板上一个很大的红绒线团闪耀着红光，边上还有一个雕花木篓子倒扣在那里。隔壁房间一阵骚动的声音传来。萨宁站了一会儿，让门上的铃声响过之后，提高嗓门问道：“这儿有人吗？”话音未落，隔壁房间的门一下子被推开了——萨宁不由得为之惊叹起来。

1 《骑豹的阿莉阿德娜》群雕（1813年）是德国雕塑家约根·葛英里赫·丹涅克尔（1758—1841）的名作。

2 即歌德的《少年维特之烦恼》。

2

糖果店里急匆匆跑进来一位年方十九岁的姑娘，她乌黑的卷发披散在裸露的双肩上，露着的双臂往前伸着，一看见萨宁，就跑到他跟前，一把抓起他的一只手，让他跟她走，一边气喘吁吁地说："快点，快点，到这边来，救救人吧！"萨宁并非不愿意服从，而是完全被惊呆了，所以没有马上跟着姑娘走——好像在原地傻住了：他有生之年从未见过这般美人儿。她冲他转过身来，说："您倒是走呀，走呀！"她的声音里、眼神中、痉挛地举向苍白脸颊的那只攥紧的手的动作里，带着如此的绝望，使得萨宁立刻紧跟着她冲进了敞开的那扇门。

他跟着姑娘跑进去的房间里，在一张过时的马鬃长沙发上躺着一个约莫十四岁的小男孩，他一脸苍白——白里泛黄，好像蜂蜡或者古老的大理石一般，长得跟姑娘像极了，显然是她的弟弟。他双眼紧闭，乌黑浓密的头发像一片阴影落在仿佛毫无生气的额头上，落在一动不动的细细的眉毛上；发青的嘴唇缝里牙齿咬得紧紧的。他好像已没有了呼吸；一只手耷拉到地板上，另一只手搁到了脑后。男孩子穿着衣服，扣着扣子，一条窄领带紧系着他的脖子。

姑娘恸哭地扑向男孩。

“他死了，他死了！”她大声喊叫，“他刚刚还坐着跟我说话——可突然间就倒下了，不能动弹……我的上帝！难道就没办法了吗？妈妈也没在家！庞塔列奥内，庞塔列奥内，医生呢？”她忽然用意大利语说：“你去请医生了吗？”

“小姐，我没去，我让露依莎去请了。”门后一个嘶哑的声音回答，接着，一个瘸着罗圈腿的小老头走进房间，他身着黑纽扣的浅紫色燕尾服，打着白色的高领结，穿粗布短裤和蓝色的毛长袜。在一大团铁灰色头发下面，他那一张小脸几乎完全遮得看不见了。四周直直地翘上去又垂落下来的一绺绺蓬乱的头发，使得老头的形象很像一只凤头母鸡——更加酷似的是，深灰色头发底色衬托下只有尖尖的鼻子和圆圆的黄眼珠子能勉强分辨出来。

“露依莎跑得比较快，我跑不了，”老头还是用意大利语说，一瘸一拐地轮流挪动着扁平的、患痛风的两脚，脚上穿着一双带小蝴蝶结的高靿皮鞋，“您瞧，我把水送来了。”

他用那干瘪、满是疙瘩的手指头紧握着一个长颈玻璃瓶。

“可埃米尔都快要死了！”姑娘喊着，两手伸向了萨宁，“啊，我的先生，o mein Herr！[1]您真的没办法救救他吗？”

1　德语：啊，我的先生！

“得给他放血——这是中风。”那个名叫庞塔列奥内的老头说。

虽说萨宁对医学一窍不通，但他很确信地知道一点：一个十四岁的小男孩是不可能得中风的。

“这是晕厥，而非中风，”他对庞塔列奥内说道，“你们有刷子吗？”

老头仰起他那张小脸。

“什么？”

“刷子，刷子。”萨宁用德语和法语又各重复了一遍。“刷子。”他做出给自己刷衣服的样子，又说道。

老头最后终于明白了他的意思。

“喂，是刷子！Spazzette[1]！怎么会没有刷子！”

“快把刷子拿到这里来；我们帮他把外套脱掉——就开始给他摩擦。”

“好的……先生！要不要给他头上洒一点儿水？”

“不用……回头再说；眼下赶快去拿刷子来。”

庞塔列奥内把瓶子放到地上，跑了出去，很快带着两把刷子又跑了回来，一把是梳头发的，一把是刷衣服的。随老头进来的还有一只狮子狗，拼命地摇着尾巴，好奇地望着老头、姑娘，还有萨宁——似乎想要知道，这惊慌失措的到底意味着什么？

---

1 德语：刷子。

萨宁连忙把外套从躺着的小男孩身上脱下来，解开他的衣服领子，卷起他的衬衫袖子——然后操起刷子，用全身力气为他刮擦胸部和双手。庞塔列奥内也用另一把——刷头发的刷子——使劲儿地刮男孩子的靴子和裤子。姑娘跪着扑向沙发跟前，双手抓着自己的头，眼睛一眨也不眨，紧紧地盯着自己弟弟的脸。

萨宁一面自己刮着——可自己又不时歪着头去看姑娘。我的上帝！多么好的一位美人儿啊！

3

她的鼻子稍显大一点，却是漂亮的鹰钩鼻，上嘴唇长的茸毛有点儿明显；不过，光洁、苍白的脸色无论象牙还是乳白的琥珀都无法与之媲美，她波浪形头发的光泽，则有如帕拉卓·皮提宫里收藏的阿洛里画的尤迪菲[1]，特别是那一双眼睛，眼瞳周围镶着一圈黑边的深灰色眼睛，炯炯发光、端庄秀丽的大眼睛——哪怕此刻惊吓和痛苦暗淡了这双眼睛的光泽……萨宁不由自主地想起了他刚刚返回来的那个神奇的国度……即使是在意大利他也未曾见过这样的女子！姑娘的呼吸缓慢且不平稳；似乎无时无刻不在盼着，她的弟弟开始恢复呼吸了吗？

萨宁继续为他擦热身体；但萨宁也不止盯着姑娘一个人看，庞塔列奥内与众不同的形象也吸引了他的注意力。老头儿几乎累垮了，大气直喘；每用力刷一次都要跳起来一次，伴随发出

1 阿洛里（1577—1621），意大利佛罗伦萨著名画家；尤迪菲是阿洛里的一幅有名的肖像画中的人物。

尖利的哼叫，再加上汗涔涔的一大团乱发笨重地四处乱飞，就好像被水冲刷掉泥土之后大树的根。

“至少请您给他脱下靴子吧。”萨宁想跟他这样说……

狮子狗看来是被眼前发生的不寻常的状况刺激到了，突然前爪往前一趴，吠叫起来。

“Tartaglia–canaglia! [1]”老头儿嘘它……

但是，就在这一刹那，姑娘脸上的表情起了变化。她的眉毛往上慢慢扬起，两眼睁得越来越大，露出了喜悦的神情……

萨宁回头一看……年轻人的脸上出现了血色；眼皮轻轻颤动……鼻孔也抖了一下。他透过仍然紧咬着的牙缝吸了一口气，啊地叹出声来……

“埃米尔！”姑娘喊了一声。“我的埃米利奥！”

一双大大的乌黑眼睛慢慢睁开。目光虽然还比较迟滞，但已微微露出了笑容；这微弱的笑容又下滑到他苍白的嘴唇那里。随后他动了动那只垂着的手——扬起手来放到了自己的胸前。

“埃米利奥！”姑娘又喊了一声，欠起了身。她脸上的表情如此强烈、明亮，似乎要么眼泪就要夺眶而出，要么笑声就要迸发出来。

“埃米尔！这是怎么啦？埃米尔！”门后传来声音——一位服饰讲究、银白头发、淡褐色皮肤的太太疾步走进房间。一

1　意大利语：塔尔塔利亚——小坏蛋！（原注）

位上了年纪的男人跟在她后面也进了屋；一位女佣人的脑袋在他身后一晃而过。

姑娘朝他们迎面跑了过去。

“他得救了，妈妈，他活过来了！”她喊道，一边颤抖地拥抱刚进屋的女士。

“到底怎么啦？”她又问了一遍，“我回来的时候……就突然遇到医生和露依莎……”

姑娘就详细讲述了发生的事情，而医生走到病人跟前，小男孩已越来越恢复了知觉意识，始终微笑着：他好像在为自己闯下的祸而不好意思起来。

“我发现，你们用刷子给他擦热过身体，”医生向着萨宁和庞塔列奥内说，“你们干得漂亮……好主意……现在让我们看看，还能做点什么……”他号了一下年轻人的脉，“嗯！让我看看您的舌头！”

太太关切地朝男孩俯下身。他又直率地笑了起来，抬起眼看了看自己的妈妈——脸又红了……

萨宁觉察到他继续留下已属多余；他从屋里走出来到了店铺里。但还没等他摸到冲街的门把手，姑娘已经站在他的面前留住了他。

“您要走，”她说，一边亲切地望着他的脸，“我不能阻止您离开，可您今晚一定要再过来，我们非常感激您——可以说是您救了我弟弟：我们要感谢您——这是妈妈的意思。您该告诉我们，您是谁，您应该跟我们一起愉快地分享一下……”

“可我今天要乘车离开去柏林。”萨宁有点结结巴巴地说。

“您会来得及的，”姑娘连忙解释道，“过一个小时您来喝一杯热巧克力。您答应吗？我该再去看看弟弟了！您能来吗？”

萨宁还能怎么样？

“我会来。”他说。

美人儿飞快地握了一下他的手，小鸟般地飞跑开了——于是，萨宁又走上了街。

4

过了大约一个半小时，萨宁回到洛泽里糖果店的时候，他受到了亲人般的接待。埃米利奥还坐在那个他躺着被擦热身体的沙发位置；医生又给他开了一些药并嘱咐“特别留神情绪刺激”，因为敏感性气质的人容易患心脏病。他以前也曾晕厥过；但从没如此长时间持续又如此严重过。不过，医生说了，一切危险全都过去了。作为一名正在恢复中的病人，埃米尔穿着的那件宽松的长袍很适合他；妈妈给他脖子上围了一条浅蓝色三角羊毛披肩；但他看上去很快活，跟过节一样兴高采烈；他周围的气氛也一样喜气洋洋。沙发前的圆桌上铺上了干净的桌布，香气四溢的热巧克力摆了一圈，还有装满水果茶的长颈玻璃罐、饼干、白色小面包，甚至还摆上了鲜花——还有一把硕大的瓷制咖啡壶。两盏老式的银制烛台上燃着六根小蜡烛；长沙发一端，一把伏尔泰式圈椅柔软地敞开怀抱——萨宁正是被请上这把椅子就坐。那一天糖果店的全体成员无一例外他都认识了，他们悉数出席作陪，包括狮子狗塔尔塔利亚和小公猫。大家都感到一种说不出的幸福，狮了狗甚至高兴得打起了喷嚏；小公猫还是那样装出怡然自得的样子，眯缝着眼。

萨宁硬是被要求说出他是哪里生人，从哪里来，叫什么大名；当他告诉他们自己是俄罗斯人时，两位女士都有点吃惊，甚至啊的一声喊了出来——并且马上异口同声地说，他的德语发音真是太棒了；但若是他讲法语更方便的话，那他也可以讲法语——因为她们俩的法语很好，能听会说。萨宁马上就采纳了她们的建议。“萨宁！萨宁！”女士们没想到俄罗斯的姓氏发音也可以如此轻松。他的名字“德米特里”——也很令人喜爱。年长的女士说，她在年轻的时候听过一部很棒的歌剧《Demetrio e Polibio》[1]，但是“德米特里”比“德米特里奥”要好很多。

就这样，萨宁聊了一个小时左右。女士们也把自己生活的所有细节跟他进行了分享。说得比较多的是妈妈，那位头发花白的太太。萨宁从她那里知道，她的名字叫莱诺拉·洛泽里；丈夫乔万尼·巴提斯塔·洛泽里去世后她一直孀居；她的丈夫二十五年前迁居来法兰克福做糖果点心商；还有，乔万尼·巴提斯塔出生在维钦茨，是一个好人，尽管他性格有点暴躁与傲慢，况且他还是一位共和主义者！说到这，洛泽里太太指了指挂在长沙发上方的她丈夫的一幅油画肖像。应该说，那位油画

1 意大利语：《德米特里奥与波利比奥》。意大利著名作曲家卓阿基诺·罗西尼（1792—1868）根据温切琴娜·维加诺—莫穆贝里的歌剧剧本创作的一部两幕歌剧。

家，正如洛泽里太太叹口气指出的那样——“也是一位共和主义者”，并未能抓住人物特点，因为肖像画上已故的乔万尼·巴提斯塔看起来更像一位阴沉严酷的海盗——就像那位里纳尔多·里纳尔基尼一样！

洛泽里太太本人出生于“古老而美丽的帕尔马城，那里有万古流芳的柯勒乔[1]画笔下那样美妙的圆屋顶”，但因为久居德国，她差不多已完全被德国化了。随后她忧郁地摇摇头，又补充说，现在她就只有这个女儿和这个儿子了（她用手指逐一指了指他们）；女儿叫杰玛，儿子叫埃米尔；他们两个都是非常好和听话的乖孩子——特别是埃米尔（“我不听话吗？”女儿马上插话。“瞧啊，你也是一位共和主义者！”妈妈回答）；生意跟丈夫生前相比当然是越来越差了，丈夫在糖果业方面可算得上是一位大师（“Un grand' uomo![2]”庞塔列奥内一脸严肃地附和了一句）；但不管怎样，感谢上帝，日子还过得去！

1　即安东尼奥·柯勒乔（1489—1534），意大利早期创新派画家，壁画装饰艺术的开拓者，也是文艺复兴鼎盛时期最伟大的画家之一。

2　意大利语：一个伟大的人！

5

杰玛听母亲说话时——时而笑一笑，时而叹叹气，时而抚摩妈妈的肩，时而又用手指吓唬吓唬妈妈，时而望望萨宁一眼；最后她站起身，搂着母亲并吻了吻她的脖子——吻到了“脖窝儿”，结果母亲咯咯笑个不停，甚至尖叫起来。

庞塔列奥内也被介绍给了萨宁认识。原来，他曾经是一名歌剧男中音歌手，但早已终止了自己的戏剧生涯，在洛泽里家族中扮演着介乎朋友和用人之间的一种角色。尽管他在德国生活得够久，德语却学得并不好，只会用德语骂人，而且那些骂人话也被他歪曲得不成样子了。“该死的骗子[1]！”——差不多每个德国人都被他这样骂过。而意大利语他却讲得非常流利近乎完美，因为他生在西尼加利亚，那个地方能听到“lingua

1　德语“verfluchte Spitzbube”（原注）。原文是根据德语发音用俄语字母拼写的，但并不准确规范。说明老头的德语不佳（译注）。

toscana in bocca romana”[1]。

看得出来，埃米利奥一直过着舒适的生活，沉浸在一个人刚脱离危险或刚恢复健康时的那种愉快感觉中；除此之外，一切都表明了，家里人都宠着他。他腼腆地感谢了萨宁，那之后更多的是在使劲儿地喝甜果汁和吃各种糖果。

萨宁必须喝掉两大缸子非常可口的热巧克力，吃完相当数量的饼干：他刚吞下一块，杰玛又给他递上另一块——根本没可能拒绝！他很快就感觉跟在家里一样：因为时间过得实在是太快了。他讲了很多，讲俄罗斯的概况，讲俄罗斯气候，讲俄罗斯的风土人情，讲俄罗斯男人并特别讲了哥萨克；讲一八一二年发生的战争，讲彼得大帝，讲克里姆林宫，还讲了俄罗斯歌曲和大钟。

两位女士对于我们这个幅员辽阔又非常遥远的国家所知甚少；洛泽里太太，或者像人们常常称呼的那样，莱诺拉太太提了一个让萨宁很吃惊的问题：彼得堡是否真的存在上世纪建成的那座著名的冰宫？因为不久前她刚读了一篇如此有趣的文章，是已故丈夫留下的一本《Bellezze dell earti》[2]里面写到的。萨宁回答道：“难道您认为俄罗斯从没有夏天？”这令莱诺拉太太惊叹，继而她反驳说，直到现在她想象中的俄罗斯一直是

1　意大利语：罗马人常说的托斯康语。（原注）

2　意大利语：《艺术之美》。（原注）

这样：常年下雪，人人都穿毛皮大衣，个个都当兵——但一律非常好客，而农民都很温顺。萨宁尽可能地将比较准确的信息讲给她和她的女儿听。

当谈到俄罗斯音乐的时候，她们立即邀请他随便唱一段俄罗斯歌剧中的咏叹调，并将房间里一架小巧的钢琴指给他看，但那架钢琴的黑白键位置是刚好反着的。他没有过多客气就答应了，他用右手的两个手指和左手的三根手指（拇指、中指、小指）为自己伴奏——先是用高亢的带鼻音的男高音唱了段《萨拉芳》，接着又唱了一首《马路上》。女士们赞赏了他的嗓子和他弹奏的曲子，对于俄语的柔美和嘹亮更是赞叹不已，她们请他把歌词翻译出来。萨宁满足了她们的要求，但因为《萨拉芳》特别是《马路上》（sur une rue pavée une jeune fille allait à l'eau[3]）的歌词他只将原文的大意转述出来——没办法唤起他的女听众对于俄罗斯诗歌很深的理解，于是他先朗诵、接着翻译、最后唱了格林卡谱曲成歌的普希金的一首诗：《我记得那美妙瞬间》，其中小调中的几节他有点儿唱错了。女士们一下子兴奋起来——莱诺拉太太甚至发现了俄语、意大利语中有惊人相似的地方："瞬间"与"O,

3 法语：走在铺满鹅卵石的路上，年轻的姑娘去汲水。（原注）

vieni ”[1],“跟我一起” 与 “siam noi”[2] 等的发音都很相似，诸如此类。甚至一些名字：普希金（他们发音成：普谢金）与格林卡的发音令她感到有点故乡意大利的味道。

萨宁也邀请女士们唱点什么：她们也没显得拘谨。莱诺拉太太坐到钢琴前，跟杰玛合唱了几首歌剧二重唱和意大利民歌《斯托尔涅洛》。母亲曾是个不错的女低音；女儿的嗓音稍显单薄，但很动听。

1　意大利语：喂，请过来。（原注）

2　意大利语：是我们。（原注）

6

但萨宁欣赏的不是杰玛的歌声，而是她本人。他坐在她侧面靠后一点的地方，暗想，任何一棵棕榈树——哪怕是当时时髦诗人别涅季克托夫[1]诗歌中的棕榈树也无法与杰玛优雅苗条的身材媲美。当她唱到动情处，举目仰望的时候，他觉得没有哪一片天空不会为这样的注目而敞开。就连肩膀倚着门框、下巴和嘴被宽大的领结遮住的庞塔列奥内老头也在庄重地聆听，带着行家的姿态，他也在欣赏姑娘的姣好脸庞并为之惊叹——按说，他应该早就习以为常了！跟女儿唱完了二重唱之后，莱诺拉太太说，埃米利奥的嗓子也非常棒，是真正的银铃嗓音，但他现在正进入嗓子变声的年龄（他说话的声音的的确确就像是不断被毁坏了的男低音），正因为如此才不让他唱歌；倒是庞塔列奥内，为向客人致敬，可以飙几首老歌！庞塔列奥内马上显出不情愿的样子，皱了皱眉头，把头发挠得乱七八糟立起

1　即弗拉基米尔·别涅季克托夫（1807—1873），俄罗斯诗人，翻译家。

来，宣称他早就不干这行了，尽管年轻的时候可以当仁不让——本来他就属于那个伟大的时代，真正的、经典的歌手辈出的时代——今天那些个尖嗓子的鬼哭狼嚎哪里是他们的对手！那才是歌唱的真正流派。他，来自瓦列泽的庞塔列奥内·齐帕朵拉，荣获过一次莫德纳桂冠，剧院因此举行了放飞白鸽的仪式；还有，一位俄罗斯公爵塔尔布斯基——il principe Tarbusski，跟他关系最要好，经常邀请他去俄罗斯一起共进晚餐，承诺送他堆得像山一样的金子，像山一样！……可他不愿意离开意大利，但丁的国度——il paese del Dante！

“后来，当然啦，是因为发生了……不幸事件，他自己不够小心所致……”老头这时打住了自己的话头，深深地叹了两口气，垂下了眼睛——随后又开始谈论起歌唱的经典时代，谈论起自己对之怀有无限敬仰、无限尊敬的著名男高音加西亚。

“这才是个人物！”他感叹道，“伟大的加西亚——il gran Garcia——永远都不会自卑到像现在那些男高音——tenoracci——要用假声来唱：他所有的歌都是用胸音、用胸音来唱，voce di petto, si[1]！”老头用瘦小干瘪的拳头使劲儿地捶打自己的领结，“多么好的一个演唱家啊！一座火山，

1　意大利语：用胸音唱，就是！（原注）

signori miei[1]，一座火山，un Vesuvio[2]！我很荣幸地与他同台演唱 dell'illustrissimo maestro[3] 洛西尼的歌剧——《奥赛罗》！加西亚演奥赛罗——我演伊阿古——而当他唱起这一句……”

这时庞塔列奥内扮演成加西亚演奥赛罗的场景，开始用颤抖的、嘶哑但依然扣人心弦的声音唱起来：

L'i...ra daver...so daver...so il fato
Lo più no...no...no...non temerò! [4]

“整个剧院都在颤抖，我的先生们，但我也不甘示弱；我也接着他唱：

L'i...ra daver...so daver...so il fato
Temèr più non dovro! [5]

“突然，他——像闪电、像猛虎般唱出：

1 意大利语：我的先生们。（原注）
2 意大利语：维苏威火山。
3 意大利语：最杰出的歌剧大师。（原注）
4 意大利语：愤怒……命运……我将不再害怕。（原注）
5 意大利语：愤怒……命运……我不应该害怕。（原注）

Morro! ...ma vendicato...[1]

“再例如，当他唱到……当他唱到取自《Matrimonio segreto》[2]中的那句著名咏叹调：Pria che spunti[3]……这时他，伟大的加西亚，在那一句 I cavalli di galoppo[4]之后再接着唱 Senza posa cacciera[5]的时候，您听听，多么了不起，com'è stupendo[6]！这时他来了一个……”老头来了一个不同寻常的花腔——但在第十个音调上被绊了一下，咳嗽起来，他挥了一下手，转过身来嘟囔着说：“你们何苦要折腾我？”杰玛立即从椅子上跳了起来，响亮地鼓掌叫好，喊道：“好！……好！”她跑到可怜的退役了的伊阿古跟前，两手轻轻地拍了拍他的肩膀。只有埃米尔一个人一点同情心都没有地在笑。Cet âge est sans pitié——这个年龄无怜悯——拉·封丹[7]早就说过。

---

1 意大利语：宁愿死去……可也要复仇……（原注）

2 意大利语：《秘婚记》。意大利作曲家奇马罗萨（1749—1801）作曲于 1792 年，18 世纪意大利喜歌剧集大成之代表作，由贝尔塔蒂据科尔曼和加里克的喜剧《秘密婚礼》脚本改编而成。

3 意大利语：太阳升起之前。（原注）

4 意大利语：骏马奔驰。（原注）

5 意大利语：一刻不停地策马追赶。（原注）

6 意大利语：简直太棒了。（原注）

7 让·德·拉·封丹（1621—1695），法国古典文学代表作家之一，寓言诗人。他的作品经后人整理为《拉·封丹寓言》，与古希腊寓言诗人伊索的《伊索寓言》及俄国作家克雷洛夫所著的《克雷洛夫寓言》并称为世界三大寓言。

萨宁试图安慰一下这位年迈的歌手，就跟他用意大利语交谈（这是他在自己最后这段旅行期间粗略学到的几句）——说了一句“paese del Dante, dove il si suona[1]”。这句之后再加一句“Lasciate ogni speranza[2]”就构成这位年轻旅者意大利诗意之旅的全部行囊了；但庞塔列奥内对他的巴结逢迎并不领情。他把下巴颏往领结里埋得比任何时候都更深了，愁眉苦脸地瞪着眼睛，又再次变得像一只鸟，还是一只愤怒的鸟——说不上是乌鸦还是老鹰。这时埃米尔，就跟被宠坏的孩子常常发生的那样，一下子微微红了一下脸，朝着姐姐说，如果她想要让客人高兴，没有比姐姐为客人读一段马尔茨喜剧更好的主意了，因为马尔茨喜剧她读得非常好。杰玛笑了起来，拍了一下弟弟的手，说他“总能想出点子来”，不过她马上走进自己的房间，而回来的时候已捧了一本不太厚的书在手里，坐到有台灯的桌子后面，环视了一下四周，举起一根手指头示意“请安静”——典型的意大利式动作——便开始朗读起来。

1　意大利语：听得到意大利语的但丁的国家。（原注）

2　意大利语：抛弃一切希望。（原注）

7

马尔茨是法兰克福三十年代的小说家，采用方言写作，在他短小精悍、素描般的喜剧作品中使用诙谐幽默、流畅活泼、也不太深涩的笔触，刻画出法兰克福当地的风土人情。的确，杰玛的朗读非常出色，简直跟专业演员一样。她着意渲染每一个角色，带着意大利血液中遗传给她的生动的面部表情，很好地把握住了角色的性格特征；不管是糊里糊涂的老太婆，还是愚蠢透顶的行政首脑，需要表演的时候，她既不吝惜自己温柔的嗓音，也不在意作践漂亮的脸庞，她会做出最滑稽的鬼脸，眯起眼睛，蹙起鼻子，故意发不好颤音，学着尖声音说话……朗诵时她自己不笑；可当听众（当然，庞塔列奥内除外：刚一读到 quel ferroflucto Tedesco[1]，他立即忿忿不平地走开了）友好的哈哈大笑声爆发出来打断她的时候，她把书往膝盖上一搁，头往后一仰，自己也放声大笑起来，她一圈一圈乌黑柔软的卷发在她的脖颈和抖动的肩膀上跳跃。笑声一停，她立刻拾起书，

1　意大利语和德语：某个该死的德国人。（原注）

脸上重新回到角色应有的表情，认真地朗读起来。萨宁不可能不对她赞叹不已；特别让他不解的是，如此国色天香的面容怎么突然做出如此滑稽可笑、有时几乎是庸俗不堪的表情？而对于那些妙龄少女、所谓“jeunes premières[1]”的角色，杰玛朗读起来就显得差强人意；特别是那些谈情说爱的场景画面，她读得不太成功；她自己也觉察到了这一点，所以朗读时赋予了一点儿嘲弄的渲染，好像她并不相信所有那些信誓旦旦和过分夸张的言辞，再说，剧本作者本人也在极力克制这一点。

一个晚上已经过去了，萨宁还不知不觉，直到晚上十点的时钟敲响，他才想起他要旅行的事儿。像被虫蜇了似的，他一下从圈椅里跳了起来。

“您怎么啦？”莱诺拉太太问他。

“其实我今天必须要坐车到柏林去——马车座位都已预定好了！”

“那马车是几点出发？”

“十点半！”

“哎呀，这样的话您已经来不及了，”杰玛说，“请您留下来吧……我可以接着朗读。”

“车费您全都付了还是只付了定金？”莱诺拉太太好奇地问道。

“全都付了！”萨宁扮出一副夸张的哭脸，喊道。

1　法语：女主角。（原注）

杰玛微微眯起眼睛看了他一眼——忍不住笑了起来，母亲呵斥了她。

“年轻人白花了钱，你还在笑！”

“没关系，”杰玛回答，“这又不会令他破产，我们来尽量安慰他吧。喝柠檬水吗？”

萨宁喝了一杯柠檬水，杰玛又接着读马尔茨的小喜剧——一切又都进展得顺顺当当。

到十二点了。萨宁起身告辞。

“现在您需要在法兰克福停留几天了，”杰玛对他说，“您急什么呢？在别的城市未必更开心。”她小声嘀咕。“绝对，不会的。”她说完就笑了。萨宁什么也没回答，他想的是，他准备找柏林的一位好友借点钱，在朋友没有回复之前，钱袋空空的他也只能迫不得已滞留在法兰克福了。

“留下吧，留下吧，”莱诺拉太太也如此说，“我们将介绍您跟杰玛的未婚夫卡尔·克柳别尔先生认识。他今天没来是因为他忙着店里的事情……在策利街有一家最大的呢绒丝绸商店，您是否看见过？对，他就是那里的总管。但他一定会非常高兴向您自我介绍的。”

这个消息——上帝才知道为何——让萨宁稍微有点仓皇失措。“这个未婚夫真是个幸运儿！”他脑海里闪念了一下。他又望了一眼杰玛——可他觉得，他窥见了她眼睛里的一种嘲讽的表情。

于是他鞠躬告辞。

“那么明天见？对吗，明天见？”莱诺拉太太问。

“明天见！”杰玛带着毫不怀疑和确定的口气说道，好像不可能有别的选择。

“明天见！”萨宁回应。

埃米尔、庞塔列奥内和狮子狗塔尔塔利亚一路送他到街角。庞塔列奥内还是忍不住对杰玛的朗读表达了自己的不满。

“她真没羞！装腔作势，尖声尖气——una carricatura[1]！她应该演一演墨洛珀[2]或者克吕泰涅斯特拉[3]——类似这些伟大的悲剧角色，可她却去滑稽地模仿某个下流的德国女人！要是这样，我也能演……梅尔茨、凯尔茨、斯梅尔茨[4]。”——他张开五指，把面孔往前埋得更深，用沙哑的声音说道。塔尔塔利亚冲他吠叫起来，而埃米尔开心大笑。老头陡然一转身回去了。

萨宁回到了“白天鹅”宾馆（他已把行李寄存在了公共大厅里），心乱如麻。那些德语、法语、意大利语相夹杂的所有谈天说地一股脑儿地回响在他耳畔。

“未婚妻！”他躺在为他隔开的简陋房间的床上，自顾自小声说道，“而且还真是个美人儿！但我又是为了什么留在这儿呢？”

不过，翌日他还是给他柏林的好友寄去了一封信。

---

1 意大利语：一副滑稽相！

2 古希腊神话中亚特拉斯和普勒俄涅的女儿，科林王西西弗斯的妻子。

3 古希腊神话中的人物，她杀了亲夫阿伽门农王，后被其子俄瑞斯忒斯所杀。

4 这几个词都是庞塔列奥内根据“马尔茨”这个词编造出来的同一后缀的词，以表达他对这个小喜剧作家的蔑视。

8

他还未来得及穿戴整齐，酒店侍者就跑来向他通报有两位先生来拜访他。其中一位是埃米尔；另一位仪表堂堂、身材魁梧、脸型俊朗的年轻男子就是卡尔·克柳别尔先生[1]，美人儿杰玛的未婚夫。

应该这样说，当时在整个法兰克福任何一家商店都找不到像克柳别尔先生这样彬彬有礼、体面、庄重、殷勤周到的销售主管了。他无可挑剔的装束与他的气宇轩昂和优雅是完全相辅相成的——当然，他稍显迂腐和拘谨，有点英伦派头（他在英格兰生活过两年）——但他还是很有魅力、风度翩翩！第一眼就看得很清楚，这位俊朗、稍显严厉、受过很好教育、同时又打扮得非常光鲜的年轻人很习惯对上唯命是从，对下则发号施令，在自家商场里的柜台边毫无疑问地一定会赢得顾客的尊敬！对他超乎寻常的诚实正直不能有半点儿怀疑：这一点从他

1 “先生”一词原文为“repp”，来自德语“Herr”，以示郑重其事和尊敬。

浆得笔挺的衣领就可见一斑！而他的嗓音也是人们所应该能意料到的：浑厚、充满自信的圆润，但并不过分洪亮，音质中甚至带着一点阴柔。这样的嗓音特别适合向下属售货员下达指令："把那匹里昂大红丝绒拿过来！"或者："给这位太太搬一把椅子坐！"

克柳别尔先生作自我介绍时，先举止优雅地躬了躬身，又赏心悦目地两脚并拢并恭敬地让两个脚后跟一碰，无论是谁都会感到："这个人由外到里，品质都是一流的！"脱掉手套的右手（左手戴着瑞典手套，端着一顶刷得光亮如镜的礼帽，里面放着脱下的另一只手套）——这只他谦逊地、却又坚定地伸向萨宁的右手修剪得超出了所有可能的想象：每一片指甲都可以说是完美无瑕！接着他操着一口最文雅的德语说道，他想向这位给予他未来的亲戚、他未婚妻的弟弟重大帮助的外国先生表达自己的敬意和感激；说这话的时候，他用举着礼帽的左手指向埃米尔那边，可埃米尔好像害起羞来，转身朝向了窗户，一根手指头放进了嘴里。克柳别尔先生又补充说道，假如他哪一方面有能力为外国先生做点什么，他将倍感荣幸。萨宁有些费力地也用德语答话说，他很高兴那样做……还说他的帮助微不足道……他请客人们就坐。

克柳别尔先生道了谢——顷刻间撩起燕尾服的后摆，坐到椅子上，但他坐得如此之轻，如此不实，让人不难明白："这个人坐下只是出于礼貌——随时都会噌的一下起身离开！"果不其然，他立即飞身站起，有点不好意思地倒着两脚，跟跳舞似的，他解释说，很抱歉，他无法继续停留，因为急着赶去商场——生意第一嘛！——但因为明天是星期天，他在征得莱诺拉太太和杰玛小姐的同意之后，已经安排好了去索登的郊游，他诚邀外国先生赏光参加，并表示希望他愿意用亲自出席为郊游助兴添彩。萨宁接受了他的邀请——克柳别尔先生再次自我介绍之后，他那最柔和的豌豆色裤子漂亮地一闪一闪，最新款式的靴子鞋底同样漂亮地嘎吱嘎吱地响着，人就离开了。

9

埃米尔甚至在萨宁邀请他“请坐”之后，仍然面朝窗户站着，而他未来的亲戚刚一走出房门，立刻向左转了一圈，孩子气地扮了一个鬼脸，红着脸问萨宁，他能否在他这里多待一会儿。“今天我感觉好多了，”他又说，“但医生还是不让我干活。”

“您留下吧！您一点也不妨碍我。”萨宁立即高声说道，他和任何一个典型的俄罗斯人一样，总是高兴利用每一次碰到的机会，只要让自己不陷入必须要做点什么事情的境地就好。

埃米尔向他道了谢——并在最短的时间内完全适应了如何与他相处，包括熟悉他的房间；翻看他的每一件物品，几乎对每件东西都想问个究竟：他在哪里买的，价格多少？帮他刮脸时，埃米尔捎带指出，他不留胡须太可惜了；最后他还一五一十地告诉了萨宁很多细节情况，包括他的母亲、姐姐、庞塔列奥内，甚至包括狮子狗塔尔塔利亚，关于日常生活的所有琐事。埃米尔一点儿胆怯都没有了；他忽然感觉到了一种对萨宁超乎寻常的喜欢——完全不是因为这个人头一天救过他的命，而是因为他这个人真的如此讨人喜欢！他把自己所有的秘密都立即告诉给了萨宁。他带着特别的兴致强调说，妈妈就想把他培养成为一名商人——而他知道并确信，他生来就是一名艺术家、音乐家、歌唱家；他说演戏才是他真正的志向；还说甚至庞塔列奥内都鼓励他，可是克柳别尔先生支持妈妈的想法，而妈妈受他影响又很大，要把自己培养成一名生意人的想法就是他想出来的，按照他的理解，世界上没有比商人的称号更好的了！兜售呢料和丝绒，坑蒙拐骗，从顾客那里赚取“Narren-oder Russen-Preise”（傻瓜般的，或称之为俄罗斯价格）[1]——这就是他的理想！

“好啦！现在该到我们家去了！”他等到萨宁梳洗打扮完毕并写好了发往柏林的信之后，高声说道。

“现在还早。”萨宁说。

“没关系，”埃米尔亲热地跟他说，“咱们走吧！咱们先顺道去一下邮局，从那里再去我们家。杰玛一定会非常高兴您的光临！您可以在我们家吃早餐……而关于我、关于我的职业前程，您还可以跟妈妈说点什么的……”

“好吧，那咱们走吧。”萨宁说，于是他们出发了。

1 过去（是的，直到现在可能也未能绝迹），每到五月份，许多俄罗斯人就蜂拥来到法兰克福，所有的商店都抬高物价，并因此得名“俄罗斯的价格”，或者——唉！——“傻瓜般的价格”。（原注）

10

杰玛确实非常高兴他能来，并且莱诺拉太太也友好地欢迎了他：可见头一天他给两位留下的印象很好。埃米尔跑去张罗早餐，事先就趴在他耳朵边上说："请您别忘了说！"

"不会忘的。"萨宁说。莱诺拉太太有点儿不舒服：她患偏头痛——半躺在圈椅里竭力保持不动。杰玛穿一件宽大的米黄色短衫，一条黑色腰带收紧它；她也略显疲倦，脸色微微发白；淡淡的黑眼圈让她那双眼睛显得发暗，但是光泽不减，而苍白的脸色赋予了她的面庞一种神秘、可爱、古典端庄的美。而那一天最让萨宁倾倒的是她那双手的精致之美；当她用手捋着并拢住自己乌黑发亮的卷发时——他的目光无法从她好像拉斐尔画的弗娜里娜那样灵巧、修长而又错落分开的手指上挪开。

外面天气很热；早餐过后，萨宁本想离开，但他被告知，这样的天气最好待在原地不动，于是他表示同意，留了下来。他和两位女主人坐着的里间很凉爽；窗户外是种满金合欢的小花园。密密匝匝的树枝上满是金色的花朵，众多的蜜蜂、胡蜂、熊蜂和谐地、贪婪地嗡嗡鸣叫；这一刻不停的鸣叫声透过半遮半掩的护窗板和垂下的窗帘传到房间里：说明外面空气中充斥着炎热——这正好让关着窗户的舒适居所里的凉爽显得更怡人了。

跟昨天一样，萨宁也谈了许多，但没有再谈俄罗斯和有关俄罗斯生活的内容。为了迎合自己那位吃完早餐就被打发到克柳别尔先生那里做实习会计的年轻朋友，他把话题引到了如何比较艺术和商业两者的利弊上来。他并不奇怪莱诺拉太太更赞同商业，他已预料到了；可是杰玛竟然也赞同她的意见。

"倘若你是一位艺术家，尤其是歌唱家，"她强调说，一边用手从上往下用力一挥，"那就必须要是第一流的！第二流根本没用；可谁知道，你能不能成得了第一流呢？"

庞塔列奥内也加入了谈话（作为一名服务多年的仆人和老者，甚至主人在场时他都被允许上桌；反正意大利人在礼仪方面一般都不拘小节）——庞塔列奥内当然像一座山一样坚定地支持艺术。但说老实话，他的论据实在是太软绵无力了：他一味在讲什么首先要拥有 d'un certo estro d'inspirazione（某种灵感的爆发）！莱诺拉太太跟他说，他当然拥有这种"灵感"，可是呢……

"我得罪了人。"庞塔列奥内忧郁地说。

"你上哪里知道（意大利人，众所周知，很容易就'以你互称'），一旦在埃米尔身上有'灵感'出现，他就不会得罪人呢？"

"那要是这样的话，还是让他成为一名生意人吧，"庞塔列奥内不无沮丧地说，“乔万尼·巴提斯塔绝不会这样做的，尽管他自己当了个糖果商！”

“乔万尼·巴提斯塔，我的丈夫，是个理智的人——虽然年轻时也曾迷恋……”

但老头已经不想再听了——就走开了，临走责怪地说了一句：“唉！乔万尼·巴提斯塔！……”

杰玛大声说，假如埃米尔认为自己是一个爱国者，愿意为了意大利的解放贡献出自己全部的力量，那么，为了这一崇高而神圣的事业，当然可以把衣食无忧的前途牺牲掉——但不是为了演戏！此时莱诺拉太太激动起来，开始央求自己的女儿至少不要把自己的弟弟引入歧途，满足于她自己已是这么一位无可救药的共和主义者就行了！说完这些话，莱诺拉太太哼哼起来，喊着头疼，说她的头都要“裂开了”（出于对客人的尊敬，莱诺拉太太跟女儿用法语交谈）。杰玛立刻开始伺候她，先是洒了一点儿花露水，轻轻地往她额头上吹气，轻轻地吻她的脸颊，帮她把头枕到枕头上，不许她再说话——并且又吻她。然后，朝着萨宁，她用半开玩笑、半动感情的声调说，她有一位多么出色的妈妈，她妈妈曾经多么漂亮啊！“我说什么呀：曾经！她现在就很迷人。您看呀，您看呀；她那双眼睛！”

杰玛一眨眼就从口袋里掏出一块手绢，用它盖住了母亲的脸，再慢慢地把手绢边从上往下移动，让莱诺拉太太的额头、眉毛和眼睛一点一点依次露出来；等了一会儿，就请妈妈睁开眼睛。

当妈妈照着她说的做，杰玛惊叹得喊了出来（莱诺拉太太的眼睛真的非常漂亮）——然后将手绢从自己母亲的脸部略欠端正的下半部分迅速滑过，再次扑过去亲吻母亲。莱诺拉太太笑了，轻轻地躲闪，佯装用力推开自己的女儿。女儿也顺势假装跟母亲缠斗，跟母亲亲昵——但不是小猫般的，也不是法式的，而是意大利风情式的，也就是其中总能感觉到一种力度的亲昵。

最后，莱诺拉太太说她累了……这时，杰玛就建议她睡一小会儿，就在原地，在圈椅里，“而我跟俄国先生呢——avec le monsieur russe——我们会非常安静，安静得……像两只小老鼠——Comme des petites souris。”莱诺拉太太冲她笑了笑算是回答，合上两眼，深呼吸了几下，就打起了盹。杰玛立即坐到她身边的长椅上，就再也没挪动过了，只是偶尔将一根手指头举到嘴唇边——她的另一只手枕在了母亲头下面的枕头上——看到萨宁身体有一点儿动了的时候，她才斜着瞥他一眼，很小声地发出嘘声。结果导致了，萨宁就像冻僵在那里一样，坐着一动不动，简直像中了魔，全心全意欣赏这间半明半暗的房间所呈现的景象：老式的绿色玻璃杯插满了新鲜、华丽的玫瑰花，到处是闪耀和震荡的点点红光，一位熟睡的夫人双手微微蜷缩，而枕头上面那只雪一样白皙的手臂勾勒出她慈眉善目、倦怠的脸部轮廓，还有这位绝代佳人，年轻、敏锐、机警、善良、聪慧而纯洁无瑕，长着一双深邃、乌黑、尽管有着黑眼圈却仍然闪闪发亮的大眼睛……这是什么呢？梦？神话故事？而他怎么会在这里？

11

挂在门把手上面的铃铛叮当响了一声。一位戴着皮毛帽子、穿着红色坎肩的乡下小伙子从街外走进了糖果店。打一早上起还没有一位顾客光临小店……“瞧我们这生意怎么做的！”吃早餐的时候莱诺拉太太叹着气对萨宁说道。她还在打着盹；杰玛担心手从枕头下抽不出来，就小声跟萨宁说：“您去一下，帮我做做生意吧！”萨宁马上踮起脚跟走进店铺里去。年轻人要买四分之一磅的薄荷糖饼。

“收他多少钱？”萨宁隔着门小声问杰玛。

“六块十字币！”她也小声回答。萨宁称好了四分之一磅，又找到了一张包装纸，卷成一个角，包好了甜饼，又拆开，又包了一遍，又拆开，终于包好了递出去，收好钱……年轻人奇怪地看着他，一边拿着帽子在肚子上揉，而隔壁房间杰玛捂着嘴几乎快要笑死。这一个顾客还没走呢，另一位又来了，接着是第三位……“看来，今天我的手气不错！”萨宁想。第二位顾客买了一杯果仁露，第三位买了半磅水果糖。萨宁一一为他们弄好，起劲儿地敲着小勺，碟子拿过来送过去，手在那些抽屉和坛坛罐罐中麻利地忙活。最后人走了一算账才发现，果仁露他贱卖了，而水果糖却多收了两个十字币。杰玛偷偷笑个不停，萨宁自己也感到异常开心，心底体验到了一种特别幸福的情愫。似乎他宁愿就这样一辈子站在柜台后面卖水果糖和果仁露，更何况这当儿那位可爱的人儿还透过门缝用善意的嘲讽眼神看着他呢。而夏天正午的阳光，穿过窗前郁郁葱葱的栗子树的茂密树叶，让整个房间充满了泛着翠绿的金光，心里溢满了无忧无虑和青春的甜蜜慵懒！

第四位顾客要买一杯咖啡：萨宁忙不过来，只好请顾客找庞塔列奥内（埃米尔一直都没从克柳别尔的商店回来）。萨宁得以又坐回到杰玛跟前。莱诺拉太太还打着盹，这让她女儿非常满意。

“妈妈一睡着，就不会有偏头痛了。”她说。

萨宁，当然，依然小声地，开始谈起他的“生意经”；正经地打听起“糖果店”各种商品的价格；杰玛也同样认真地告诉他商品价格，同时两人都会心而默契地笑了，就好像意识到他们俩在合演一出非常滑稽可笑的戏剧一样。忽然街上的流浪乐师弹奏起了《魔弹射手》[1]里的咏叹调“Durch die Felder,

1　指的是德国作曲家卡尔·马利亚·冯·韦伯（1786—1826）的同名浪漫歌剧。其剧本改编自带有魔幻意味的民间故事，于1821年在柏林首演。

durch die Auen[1]”。哀婉的曲调如泣如诉，在凝固的空气中颤抖，余音袅袅。杰玛叹了口气：“这声音会吵醒妈妈的！”

萨宁立刻跳起来跑到街上，塞了几个十字币到流浪乐师的手里，请他别唱了并离开。他回来的时候，杰玛轻轻地点头致谢，一边若有所思地笑了，自己用勉强听得见的声音哼唱起韦伯笔下的主人公马克斯表达初恋全部烦恼的那段优美曲调。随后她问萨宁是否知道《魔弹射手》这部歌剧，喜不喜欢韦伯，并说她虽然是意大利人，但这样的歌剧她最喜欢。话题从韦伯又转到了诗歌和浪漫主义，转到了当时大家都还在读的霍夫曼……

而莱诺拉太太还没醒来，甚至发出轻轻的鼾声，然而透过护窗板射进来的一条条细细的光线，正悄悄地、可又时不时地从地板、家具、杰玛的衣服、树叶和花瓣的上面滑过、溜走。

1 德语：穿过田野，穿过山谷。（原注）

12

实际上，杰玛对霍夫曼并不十分感冒，甚至认为他……枯燥无味！他荒诞迷离、北方元素为主的作品很少能触动她这位个性开朗的南方人。“这些全都是神话故事，这些是为儿童写的！”她不无轻慢地说。她还隐约感到霍夫曼的作品中缺乏诗意。不过他有一篇中篇小说，书名她好像忘记了，却很喜欢；具体地说，她只是很喜欢它的开头部分：小说的结尾部分要么她没读过，要么读过也忘了。小说讲的是一个年轻人在某个地方，好像是一家糖果店里遇到一位非常漂亮的希腊美女；而一个神秘、凶狠的怪老头陪同着她。年轻人对姑娘一见钟情；她带着恳切的眼神盯着他看，似乎在哀求他解救她……他离开了一会儿——而等他返回到糖果店的时候，姑娘和那个老头却不见了踪影；他东奔西走到处找寻她，不断发现并追踪他们最新的踪迹——但无论用什么样的方式、无论在哪里、无论什么时候，他已经无法再找到他们。对于他来说，美人永远地不翼而飞了——只是他没有办法忘却她那恳求的眼神，一想到他这一生的幸福有可能已经从他手上溜走了，他就痛苦不已……

霍夫曼的小说是不是这样结尾的不太确定；但在杰玛的记忆中是这样的结尾。

“我觉得，”她低声说，“生活中这样的聚散离合远比我们想象的要多。”

萨宁沉默了……过了一会儿说起了……克柳别尔先生。他还是第一次提到他的名字；而在此之前他还一次都未想起过他。

杰玛也没说话，沉思起来，一边轻轻地咬着食指的指甲，把眼神迅速地转向一边。随后，她赞扬了自己的未婚夫，提及了他张罗安排明天的郊游，很快地瞥了一眼萨宁，又陷入了沉默。

萨宁不知道该如何说下去了。

埃米尔跑进来的时候声音很响，一下子吵醒了莱诺拉太太……他的出现让萨宁很高兴。

莱诺拉太太从沙发椅里站起来。庞塔列奥内出来通报说午餐准备好了。这位家庭的朋友、前歌手和仆人同时还兼任厨子。

13

吃完午饭萨宁也没走。不让他走的理由还是先前提到的酷热，而待到暑热消退，他又被建议去花园洋槐树荫下喝咖啡。萨宁应允了。他心情非常好。淡泊宁静而从容不迫的生活流转之中弥漫着道不尽的魅力——而他也沉醉其中，对今日毫无特别苛求，不思考明日也不回想昨日。能跟杰玛这样的女子厮守，夫复何求？他很快就要与她分离，也许是永远，但只要跟乌兰德浪漫曲[1]中同样的小船儿能载着他们在生活平静的水流中泛舟——那就尽情快乐吧，享受吧，旅行者！而幸福的旅行者对这一切都觉得很受用，很喜欢。莱诺拉太太让他和庞塔列奥内跟她一起打“特列瑟特”，教会了他玩这种比较简单的意大利纸牌游戏——赢了他几个十字币——而他却心满意足；应埃米尔的请求，庞塔列奥内让狮子狗塔尔塔利亚将它学会的把戏表演了一遍——于是，塔尔塔利亚表演了跳棍子，“说个话”，也

1　乌兰德指乌兰德·柳德维格（1787—1862），德国浪漫主义诗人，民间文学作品收集者。

就是叫几声，打喷嚏，用鼻子顶着把门关上，叼来主人的一只旧鞋子，最后，它头顶高筒军帽，装扮成因变节被拿破仑皇帝严厉斥责的贝尔纳多特元帅[1]。扮演拿破仑的自然是庞塔列奥内——演得非常像：双手在胸前交叉，三角帽一直压到眼部那么低，说话的腔调粗鲁、刺耳，用的是法语，但是，上帝啊！那是个啥法语啊！塔尔塔利亚蹲在自己的主子面前，整个身体蜷缩成一团，夹紧尾巴，歪戴着的高耸的军帽下是它一双难为情地眨巴和眯缝的眼睛；时不时地，当拿破仑提高嗓门时，"贝尔纳多特"就得用两条后腿直立起来。"Fuori, traditore![2]"拿破仑最后大喊一声，由于过于愤怒，他将本应自始至终保持的法式腔忘得一干二净——于是"贝尔纳多特"飞快地跑到沙发底下，但马上又欢快地叫着从那里跑回来，似乎是让大家知道，演出到此结束。全体观众都笑个不停——而笑得最欢的是萨宁。

杰玛咯咯不停的、轻轻的又带着一种调皮尖叫的笑声尤其可爱……她的笑声都让萨宁醉了——以至于她的尖叫声让他多次都想热烈地亲吻她！夜色终于降临。该告辞了！他一再跟大家告别，说了好几遍"明天见"（他跟埃米尔甚至行了吻别礼），萨宁才动身回家，而心中已带走了年轻姑娘的倩影，

1 贝尔纳多特元帅（1763—1844），法国元帅，蓬特科尔沃公爵，后成为瑞典和挪威国王，即卡尔十四世。

2 意大利语：滚，叛徒！（原注）

那个时而咯咯笑，时而凝神沉思，时而安静得甚至冷漠，却又是令人神往的倩影！她那双眼睛，有时候睁得大大的，像白天一样明亮快乐，有时又被睫毛半掩，像黑夜一般幽深乌黑，杰玛的这些奇怪又甜蜜的各种形象和关于她的想象，就这样在萨宁眼前浮现。

至于克柳别尔先生，还有让他滞留法兰克福的原因——一句话，那些前一天让他焦虑不安的所有一切——他一次都没有想起过。

14

然而，也该介绍一下萨宁本人的情况了。

首先，他人长得真的非常、非常不错。身材挺拔匀称，脸部不是轮廓分明的那种，倒也讨人喜欢，眼睛是温柔的浅蓝色，一头金发，皮肤白里透红；而主要的是：他那纯朴开朗、容易相信人、坦诚、乍看起来有点笨拙的表情，在过去让人一看就知道他是来自循规蹈矩的贵族家庭的孩子、"富家"子弟、自由自在的半荒原地区哺育长大的贵族少爷。他步履沉稳迟疑，说话略有一点"四是"不分，只要看他一眼，他就露出童稚般的笑容……最后，容光焕发，健康——还有性情温和，温和，还是温和——这就是您面前活生生的萨宁。其次，他也不笨，还明白不少事理。尽管国外旅行劳顿，他看上去依然精力充沛：那个时代最精英的那一部分年轻人心头笼罩的忧心忡忡的情绪，在他的身上几乎看不到。

经过对"新人"的徒然寻找之后，我们的文学作品近来开始引导青年人不惜一切地成为新鲜的人……就像弗伦斯堡[1]运到圣彼得堡的那些牡蛎一样新鲜的那种人……萨宁跟他们不同。假如一定要打个比方的话，他更像是长在我们肥沃黑土果园里的一棵枝繁叶茂、刚开始分蘖的小苹果树——或者，更恰当的比喻则是：一匹“老爷们”的养马场里受到精心喂养、毛色发亮、四条腿粗壮有力、性情温顺的三岁马驹……后来，当生活结结实实地摧残过他，他身上年轻人的、稍有点儿夸张的小肥肉突然消失之后，遇到过萨宁的那些人，则完完全全将他看成是另外的一个人了。

第二天萨宁还躺在床上，一身节日盛装、手持一根轻便拐杖、浑身涂抹得香喷喷的埃米尔已经冲进了他的房间通知他说，克柳别尔先生坐着四轮马车马上就到，说预报的天气也非常好，说他们一切准备妥当，但妈妈的头痛犯了去不成。他开始催促萨宁，让萨宁一分钟也不能耽误……果不其然：克柳别尔先生到了的时候，萨宁还在梳洗。他敲了下门，进到房间，弯腰致意，表示恭候他多久都行——并坐了下来，将礼帽优雅地支在膝盖上。仪表堂堂的商店职员穿戴考究，也不知道往身上倒了多少香水：他每次移动身体，都会伴随一股浓烈的香气扑鼻而来。他乘坐一辆宽敞的、人们常称之为兰朵[2]的四座敞篷马车来，

1　德国最北端的城市之一，海军基地。

2　出自法语“Landau”，一种可以两乘或四乘的四人座敞篷马车。

马车套着两匹虽不算漂亮却强壮有力的高头大马。一刻钟之后，萨宁、克柳别尔和埃米尔一行已经坐着这辆马车隆而重之地抵达了糖果店的台阶跟前。莱诺拉太太坚决拒绝参加郊游；杰玛想留下来陪母亲，但是她的这位母亲如常人所说，撵走了杰玛。

“我谁也用不着，”她说，“我要睡觉。我甚至都想庞塔列奥内也跟着你们去，可那样就没人做生意了。”

“可以带上塔尔塔利亚吗？”埃米尔问。

“当然可以。”

塔尔塔利亚立即欢快地使劲儿挤到马车赶车人的座位坐下，一边舔着自己的身子：看得出来，做这些它早已轻车熟路。杰玛戴了一顶系着咖啡色帽带的大檐边草帽；草帽从前面向下压得很低，可以将整张脸的阳光遮挡住。阴影的边线正好落在她的双唇上：那透着少女般柔媚的红唇，仿佛多瓣玫瑰花的花瓣儿，而隐隐露出的牙齿——如孩童的牙齿般洁白无瑕。杰玛在后排跟萨宁同坐；克柳别尔和埃米尔坐在对面。莱诺拉太太淡淡的身影在窗口一闪，杰玛朝她挥了一下手绢，马车就出发了。

15

索登，是一座离法兰克福半小时车程的小城。它位于塔乌努斯山支脉一个漂亮的地方，在我们俄罗斯以矿泉水闻名，这里的矿泉水好像对肺部虚弱的人有帮助。法兰克福人到这里来多半是为了消遣娱乐，因为索登的公园很漂亮，Wirtschaft[1] 应有尽有，可以在高大的椴树和槭树的树荫下品尝啤酒和咖啡。

法兰克福到索登的路靠着美茵河右岸蜿蜒而行，路的两旁种满了果树。漂亮的公路上，在马车一路安静行驶的过程当中，萨宁悄悄观察起杰玛对待未婚夫的态度：他第一次见到他们俩在一起。她表现得平静、放松——但跟平时比稍显拘谨和严肃；他看起来则像一位允许自己和下属进行一场简朴和客气的娱乐活动的宽厚长者。萨宁在他那里并未发现他对杰玛有那种法国人称之为“empressement[2]”的特殊的热心。可能，克柳别尔先

1 德语：酒吧餐厅。

2 法语：献殷勤。（原注）

生觉得这件婚事已确立了，所以也就没有理由瞎忙活或者激动不已。但是居高临下的态度一刻也没离开过他！甚至午饭前在索登城外森林茂密的山谷中长时间步行游玩的时候，欣赏大自然美景的时候，他对待大自然本身也带着这种居高临下的态度，这居高临下的态度中偶尔还迸发出长官平日里的严厉。就譬如说，他投诉有一条小溪太过笔直地从溪谷里直流而下，而非拐上几道诗情画意般的弯；对一只小鸟——苍头燕雀——的表现也不太满意，觉得它啼啭鸣叫的那几段花样不够多！

杰玛并不寂寞，甚至看上去是开心的；但是萨宁没能在她身上看到往日的那个杰玛：并非因为树荫都跑到她脸上去了——她的美貌从来不是光芒四射的那种——而是她的灵魂向内躲到她的心底去了。杰玛撑着阳伞，没摘手套，缓缓地散步，不慌不忙——跟有教养的淑女散步一样——说话不多。埃米尔也有点放不开，而萨宁就更不用说了。何况，谈话总是用德语这一点也颇让他尴尬发窘。毫不泄气的只有塔尔塔利亚一个！它狂吠着，跨过车辙沟、树桩和坛坛罐罐去追赶前面的一群鸫鸟，又猛地一头扎进水里，匆忙地舔水喝，抖一抖身体，尖声地吠叫几声，嗖地一下，箭一般飞跑开，吐出的红舌头向后都快甩到它肩上去了。

从自己这一方面来看，为了让大家开心，克柳别尔先生做了他该做的一切；他请她坐到一棵树荫葱郁的橡树下，从侧身上衣口袋里掏出一本小册子，册子的名字叫作

《Knallerbsen-oder du sollst und wirst lachen!》(《火药桶，或，你肯定会笑！》)。他开始读册子里满篇幅精心挑选的笑话故事。他一口气读了十二个；却没达到搞笑的效果：只有萨宁一个人出于礼貌咧咧嘴笑了笑，而克柳别尔先生自己每念完一篇，就发出一阵短暂、矫揉造作——并且仍然是居高临下的笑声。将近十二点的时候，他们一行人马回到了索登市，走进当地一家最好的饭馆。

到了该安排吃午饭的时候了。

克柳别尔先生建议大家在一个四周封闭的亭子里——也就是"im Gartensalon[1]"——吃午餐；但是杰玛忽然发飙反对，她宣称，除非是在花园里，在餐馆门前露天摆着的那些小桌子上吃饭，不然她就不吃；还说总是跟那几张面孔在一起已经很无聊了，她想看到其他一些面孔。有几张桌子的确已经坐满了刚刚抵达不久就餐的客人。

那边克柳别尔先生居高临下地迁就了"自己未婚妻的任性"，走过去跟餐厅领班协商的时候，这边杰玛站着一动不动，垂下双眼，咬着牙；她感觉得到，萨宁始终用疑惑不解的眼光看着她——这，似乎让她感到有点生气。

最后，克柳别尔先生回来报告说，再过半小时午饭就准备好了，趁着这个时间他建议大家玩玩保龄球，并说这对于增强

1 德语：花园包厢。

食欲很有益，嘿——嘿——嘿！他的保龄球玩得非常棒；抛球的时候，他的姿势非常健美，肌肉很会发力，腿的扭动和摇摆动作也很优美。从这一点上讲，他算得上一名竞技运动员——而且是非常好的竞技运动员！他的一双手白净又漂亮，他擦手用的还是名贵至极、金色碎花的印度软绸手绢！

午餐时间到——大家都集中到餐桌前坐了下来。

16

谁不知道德式午餐是怎么一回事呢？一碗稀汤，里面带点面疙瘩和肉桂，还有跟软木塞一样硬、带一层凝固白色脂肪、煮老的牛肉，还有黏稠的土豆、甜菜块和姜末；一盘醋烧刺山柑鳗鱼（用冰鲜而非活鱼做的，因而颜色发青）；带果酱的油炸品和“Mehlspeise”，一种甜布丁，上面浇了一点酸溜溜的红汁；然而葡萄酒和啤酒好得不能再好了！索登当地餐馆老板就是用这样的午餐招待客人。顺便说一下，午餐吃得很愉快。特别活跃的气氛，说真的，也没有出现;甚至在克柳别尔先生“为了我们所爱”（was wir lieben）而举杯敬酒的时候也没有出现。一切都进行得规规矩矩和彬彬有礼。午餐后咖啡上来了，淡淡的、偏红棕色的、地道的德国咖啡。克柳别尔先生作为东道主，请求杰玛允许他抽一支烟……但这时一件意料不到的事情突然发生了，这件事情很不愉快——甚至极不体面！

邻近的一张餐桌坐着几位美茵区警备队军官。从他们的眼神和交头接耳的样子已不难猜到，杰玛的美貌令他们倾慕；其中的一位，好像已经在法兰克福驻扎过相当长一段时间了，时不时地看看她，就好像她是他很熟悉的一位熟人：他仿佛认出了她是哪一位。他突然站起来，手持玻璃酒杯——军官先生们已醉得有点厉害了，他们的桌上摆满空酒瓶子——走到了杰玛的桌子前。这是一位很年轻、浅色头发、脸型非常可爱甚至很讨人喜欢的军官；但是饮下过多的红酒已让他的脸变形了：脸颊抽搐，眼睛红肿，眼神游离不定，看起来好像带着粗鲁无礼的表情。大家一开始想拦住他，但随后就没去管他：心说，管他干吗，能闹出个什么呢？

这位军官两腿已有点摇摇晃晃，站在杰玛跟前，故意尖着嗓子，用一种能让人感到他自己也不情愿、试图与之抗争的声音，喊道："为全法兰克福、全世界最美丽的咖啡美女的健康干杯，"（他"咕咚"一口干掉了一大玻璃杯）——"而作为报答，我取走她美丽的手指摘下的这朵花儿吧！"他从桌上拿起了放在杰玛餐具面前的那朵玫瑰花。起初她非常惊讶、害怕，脸色煞白……随后她的害怕转变成了愤怒，她满脸陡然涨得通红，一直红到头发根儿——她的眼睛死盯着侮辱者，同时，她的眼睛暗淡下来，之后又突然发出光亮，幽暗的眼眸燃烧起无法遏制的怒火。这样的目光想必让军官发窘；他嘟囔了一句听不明白的话，鞠了一个躬就退回到自己人那里去了。那些人用笑声和轻轻的掌声迎接了他。

克柳别尔先生猛地离席而起，挺直身体，戴上礼帽，用庄重但并不洪亮的声音说道:"这简直闻所未闻。这是闻所未闻的粗鲁举动!(Unerhört! Unerhörte Frechheit!)"——并立即用严厉的声音招呼侍者,要求立刻买单……不仅如此,他吩咐立即备好马车,与此同时还不忘补上了一句,正派人不该到这里来,因为会遭遇到侮辱者的侮辱!说这些话的时候杰玛仍坐在自己的位子上没有动,她的胸脯剧烈地、一高一低地起伏不已。杰玛把眼光转向了克柳别尔先生……也是那样直视,用盯着军官一样的眼神盯着看了一眼未婚夫。埃米尔气愤得浑身直抖。

"起来吧,我的小姐,"克柳别尔先生依然用同一种严厉的口气说道,"这里您再待下去就很不体面了。我们应该去到那里,到餐厅里面去!"

杰玛默不作声地站了起来;他将弯着的胳膊向她伸过来,她也把手递过去——于是他迈着庄严的步伐向餐厅里面走去,这步伐跟他的神态一样,离吃午饭的地方越远,就越庄严和傲慢。

可怜的埃米尔趔趄地跟在他们后面。但是当克柳别尔先生跟侍者结账的时候,作为惩罚,他饮的伏特加没给一个十字币的小费,而这时,萨宁快步地走到那些军官坐着的桌子前——面向那位侮辱杰玛的军官(他那个时候正把她的玫瑰花轮流交给同伴们闻)——用法语清晰地说道:

"阁下,您刚才所做的行为,非一个正派人的行为,也跟您身上穿的制服不配——所以我来告诉您,您是一位缺乏教养的无赖!"

年轻人跳了起来，但是另一位稍年长的军官用手势制止了他，让他坐下，又转身朝向萨宁，也用法语问他：

“什么情况呢，你是那位姑娘的亲戚、兄弟还是未婚夫？”

“对于她我完全是一个外人，”萨宁喊道，“我是一名俄国人，但看到如此无礼行为我不能无动于衷；给，这是我的名片和地址，军官先生可以来找我。”

说完这些，萨宁将名片掷到桌子上，同时飞快地一把抓起坐在桌后的一位军官随手放到餐碟里的、杰玛的那朵玫瑰花。年轻人又想从椅子上跳起来发作，但是那位又拦住了他，小声说：“顿戈弗，安静一点！（Dönhof, sei still!）”随后自己站了起来——行了一个举手礼，声音和神情都不无敬意地对萨宁说，明天早上他们团里的一位军官将荣幸地去到他府上拜访他。萨宁微微弯腰回礼，然后就匆匆忙忙地回到了自己的朋友那里。

克柳别尔先生装作好像根本没发现萨宁的离开，也没发现萨宁跟那些军官的理论；他只顾催促着马车夫套好马车，嫌他动作太慢而大发脾气。杰玛也没对萨宁说一句话，甚至都没看他一眼：从她紧皱的眉头、咬得发白的嘴唇，还有她一动不动的身体姿势来看，不难理解她心里非常不好受。只有埃米尔一个人想问问他，想跟他了解清楚：他看见萨宁走到军官们跟前，看见他递给他们白色的什么东西——一张小纸片、字条、还是名片……这个可怜少年的心在怦怦直跳，脸颊发烫，他真想扑过去搂住萨宁的脖子，真想大哭一场或者跟他一起去将这些讨厌的军官们打一个落花流水！然而他克制住了自己，只管尽情和认真地欣赏起他这位善良的俄罗斯朋友的一举一动！

马车夫终于套好了马匹；全体人员坐上马车。埃米尔紧跟在塔尔塔利亚的后面上了马车前面的副座；那里他稍显自在些，也好让他无法冷静看待的克柳别尔先生别在他面前晃来晃去了。

一路上克柳别尔先生都在高谈阔论……并且只有他一个人在高谈阔论；没有一个人，没有一个人反驳他，可也没有一个人附和他。他特别强调的一点是大家没听他的意见，他本来建议在封闭的亭子里面吃饭，那样的话什么不愉快的事情就都能够避免了！接着他又对政府不可原谅地姑息军官不遵守纪律和不够尊重社会上的普通公民（das bürgerliche Element in der Societät）的行为发表了非常严厉甚至是自由主义的谴责——这样长此以往下去，社会不满情绪就会被引发，由此再引发革命运动就会为期不远了！这悲惨的情形（说到这他深表同情却又神情严峻地叹了一声气）——这悲惨的情形就将降临到法国头上！不过他很快又补充说，他本人对现政府很敬仰，并且永远……永远都不会去当一名革命者——但面对这样的伤风败俗之举，他又不能不表达一下自己的不满！这之后他还补充了一些关于道德和不道德、体面和尊崇的泛泛之谈！

在所有这些“夸夸其谈”期间，本来在郊游午饭前对克柳别尔先生已经显得不太满意的杰玛——她也因此跟萨宁保持了一定的疏远，仿佛有萨宁在使得她难为情——杰玛明显为自己的未婚夫感到羞愧！郊游快结束的时候，她简直受够了这种折磨，尽管跟先前一样还是没有跟萨宁交谈，却突然向他投去恳求的目光……从自己这方面来讲，与对克柳别尔先生的愤慨相比，萨宁更多的是对她感到怜惜；他甚至暗地里、半下意识地为这一天持续发生的事情感到高兴，尽管他也可预见翌日一早的会面是什么样子。

这次折磨人的“partie de plaisir[1]”终于结束。萨宁在糖果店门口扶着杰玛下车的时候，一句话没说，把那朵取回来的玫瑰花递到了她手里。她整个脸上都泛起红晕，紧紧地握了一下他的手，转瞬就将玫瑰花藏了起来。他并不想进屋，虽然华灯初放。她本人也没有邀请他进屋。何况，庞塔列奥内此时出现在台阶上说，莱诺拉太太已就寝休息。埃米利奥不好意思地跟萨宁道别；他好像跟萨宁还是有点认生：因为萨宁让他感到太吃惊了。克柳别尔用马车将萨宁送回酒店，十分拘泥地跟他行鞠躬礼。彬彬有礼、循规蹈矩的德国人，虽说一向自信满满，此刻也显得很不自在。不过大家跟他一样都不自在。

然而，萨宁的这种感觉——不自在的感觉——很快就消失了，变成了一种模糊、却又愉快、甚至是开心的情绪。他在房间里踱来踱去，什么也不去想，时不时还吹着口哨，颇为扬扬自得。

1　法语：消遣性郊游。（原注）

17

“上午十点之前我要等军官先生来解释说明，”翌日清晨他梳洗的时候还正寻思，“到时候让他找我来吧！”但是德国人起得都很早：九点钟还没到，门房就来通报萨宁说，冯·里赫捷尔少尉先生（der Herr Seconde Lieutenant）求见。萨宁赶紧穿好礼服，吩咐“客人有请”。

出乎萨宁意料，里赫捷尔先生非常年轻，几乎还像个孩子。他竭力将自己还没有长出胡须的脸上的表情装扮得庄重严肃，但是装得很不成功：他甚至无法掩盖住他的窘态——就在坐椅子的时候，他被马刀牵绊了一下，差一点摔倒。他用蹩脚的法语讷讷地、结结巴巴地说，他受好友冯·顿戈弗男爵之托而来；目的是要求冯·扎宁（萨宁）先生对于头一天使用侮辱性言语必许（必须）道歉；倘若冯·扎宁（萨宁）先生拒绝道歉——冯·顿戈弗男爵希望进行决斗。萨宁回答，他没考虑过道歉，而他已经准备用决斗来做了断。这时，冯·里赫捷尔先生依然讷讷地询问，他得在什么时间、什么地点、又必须跟谁来进行必要的谈判。萨宁就告诉他，他可以过两个小时之后来找他，而在这个时间段，他，萨宁，会尽可能地寻到一位决斗副手。（“真见鬼，我到哪里去找这个副手？”他那时候暗想。）冯·里赫捷尔先生站起身鞠躬告辞……但走到房门口停下了脚步，似乎受到了良心谴责——于是，转身面向萨宁，小声说道，他的好友，冯·顿戈弗男爵并不想为昨日发生之事隐瞒自己……某种程度的……歉意——所以只要得到轻微的道歉就可以了——“des exghizes léchères[1]”。就此萨宁回答说，任何道歉的要求，无论轻的、重的，他都不会满足，因为他并不认为自己有什么错。

“既然如此，”冯·里赫捷尔先生脸红得更厉害了，不同意地说道，“那就只能改成友好互射的形式进行了——des goups de bisdolet à l'amiaple！[2]”

“这我就更不明白啦，”萨宁指出，“难道我们要对空射击不成？”

“哦，不是那样，不是这样，”狼狈不堪的少尉喃喃说道，“但我是觉得，既然事情发生在正派人之间……我要跟您的决斗副手谈一下。”他又打住了自己的话头——就转身离去了。

那人刚一走出房间，萨宁就在椅子上坐下，目光死盯着地板。

1 法语：轻微的道歉。正确的拼写应该是：des excuses légères，这里指来人说的法语很差。（原注）

2 法语：友好的手枪互射。正确的拼写应该是：des coups de pistolet à l'aimable。（原注）

“他心里说：这叫什么事儿呢？生活怎么突然就旋转得不可收拾？过去的一切、未来的一切突然就消失不见了——好像只剩下一件事情就是，我要在法兰克福跟某个人为了点什么事儿而决斗。”他不由得想起了他一位疯姑妈常常边跳边唱的一首歌：

少尉！
我的小可爱！
我的小爱神！
跟我跳个舞吧，亲爱的人儿！

于是他哈哈大笑，也开始像他姑妈那样唱起来：“少尉！跟我跳个舞吧，亲爱的人儿！”

“可是也该行动了，不要浪费时间。”他大声喊道，一跃而起，却发现庞塔列奥内手里攥着一张纸条出现在他面前。

“我敲了好几次门，但没听见您回应；我还想是否您没在家，”老头小声说完就将纸条递给他，“杰玛小姐写来的。”

萨宁接过纸条——如常言所说，下意识地——拆开就读了。杰玛告诉他，她为他也知道的那件事情非常担忧，希望能跟他马上面谈。

“小姐非常担心，”庞塔列奥内说，看来，信的内容他是知道的，“她吩咐我来看您在忙什么，并要我请您赶紧过去找她。”

萨宁看了一眼这位意大利老人——陷入了沉思。忽然有个念头在他脑海里一闪而过。闪念的那一刹那让他都觉得荒诞出奇……

“可是……为什么不呢？”他问自己。

“庞塔列奥内先生！”他大声招呼。

老头浑身一激灵，下巴颏都快缩进领结里去了，盯着萨宁。

“您知道，”萨宁接着说，“昨天发生了什么事吗？”

庞塔列奥内咬了咬嘴唇，甩了甩自己一绺蓬起的头发。

“知道。”

（埃米尔一回到家，就全告诉他了。）

“啊，您知道了！——您看是这么回事。刚刚有位军官从我这里离开。而那个无赖要跟我决斗。我接受了他的挑战。但我缺一个决斗副手。您愿意当我的副手吗？”

庞塔列奥内哆嗦了一下，高高地扬起了被垂下的头发完全遮住了的眉头。

“您非得要决斗不可吗？”他最后改口用意大利语说；而之前他一直在用法语讲。

“必须决斗。否则——一辈子都将蒙受其辱。”

“嗯。假如我不同意做您的副手，您就必须找另一位？”

“是的……非找不可。”

庞塔列奥内低下了头。

“但是敢问德·查宁[1]（萨宁）先生，您的决斗不会对某个人物的名誉带来某些不好的影响吗？”

“我认为不会，但是无论如何，没有别的办法！”

“嗯。”庞塔列奥内整个脸都快缩进领结里去了，“那您看，那位该死的克鲁贝里奥[2]，他会干点什么呢？”他忽然提高了声调，扬起了脸。

“他？没什么。”

“嚯！（Che![3]）”庞塔列奥内鄙视地耸了耸双肩。“无论如何我应该感激您，”他最终用一种不太真实的嗓音说，“以我现在的卑微之躯，能够被您看待为一位正派人——un galant'uomo！这样做，正好证明了您自己是一位真正的galant'uomo。但我必须认真地考虑一下您的建议。”

“时间紧迫，尊敬的齐……齐帕……”

“朵拉，”老头提示了。“我只要您给我一个小时考虑一下。这件事情涉及我恩人的女儿……所以我应该、我必须——考虑考虑！过一个小时……过三到四刻钟——您就会知道我的决定了。”

“好，我等着。”

---

1 这是按照意大利语式对“萨宁”的一种尊称。

2 这是对“克柳别尔”名字的小称、蔑称，但其中（也许是故意）有错误发音，也暗指老头的文化程度不高。

3 意大利语中不可译的语气词“Che！”，相当于俄语中的“Hy！”（原注）

“那现在……我要带什么样的回复给杰玛小姐呢？”

萨宁找来一张纸，在上面写道：“请您放心，我亲爱的朋友，过三个小时左右我就会来看您——一切都会说得清清楚楚。衷心感谢您的关心。”他把这张纸条递给了庞塔列奥内。

老头小心地把纸条放进侧面口袋——并再次说：“等我一个小时！”——就走向房门口：但是猛地又转过身跑到萨宁跟前，抓起他的一只手——将它紧紧地压在衬衣领口的领结花那里，抬眼向着天，大声说：“善良的青年！伟大的心灵！（Nobil giovanotto! Gran cuore!）请允许一个年迈体弱的老人（a un vecchiotto）握一握您这只伟大的右手（la vostra valorosa destra）！”

随后，他跳着往后一退，两手挥了挥——走开了。

萨宁望了望他的背影……拿起一张报纸，准备读。但是眼睛在字里行间扫来扫去，什么也没有看懂。

18

过了一个小时，门童又走进来向萨宁禀报，并递给他一张写满了字的老式名片，上面写着：庞塔列奥内·齐帕朵拉，来自瓦列泽，莫登斯基公爵殿下皇家宫廷歌手（cantante di camera）；紧跟着门童后面出现的就是庞塔列奥内本人。他从头到脚打扮一新，穿一件泛暗红的黑色燕尾服，里面是白色的凸纹西装背心，上面很别致地挂着一串铜链；一枚镶嵌着硕大红宝石的徽章垂到带兜盖的紧身黑裤下面。右手持一顶黑色的兔皮礼帽，左手拿的是一双厚厚的麂子皮手套；他把领结打得比平时更松更高——浆洗过的花边领子上还别着一枚称作“猫眼”（oeil de chat）宝石的佩针。右手食指戴着的那一枚两个手掌组合成的心形宝石戒指光彩夺目。老头儿浑身上下都散发着一种存放很久的气味，那是樟脑和麝香的气味；哪怕是最冷漠无情的人都会为他忧心忡忡的隆重感而吃惊！萨宁起身迎接他。

“我做您的副手，”庞塔列奥内用法语说道，一边整个身体向前鞠躬，像舞蹈演员一样两个脚尖八字分开，“我来听您吩咐调遣。您只想毫不留情地决斗，是吗？”

“为何说毫不留情呢，我亲爱的齐帕朵拉先生！无论世上发生什么，我都不会收回我昨天说的那些话——但我也不是嗜杀成性！……对了，您先等一下，我对手的副手马上就到了。我去隔壁房间回避一下——请您跟他协商。请您相信，对您的帮助我将终生难忘，从心底感激您。”

“荣誉高于一切！”庞塔列奥内回答，说着，还没等萨宁邀请他坐下，他已经坐进了沙发椅。“假如这个该死的骗子[1]，”他法语、意大利语掺杂着说，“要是这个克鲁别里奥小商贩竟然不知道自己的直接责任所在或者就是胆小害怕的话，他就更令人失望了！……一文不值的一个人——不值得说他了！……至于说到决斗规则——我是您的助手，对于我来说，您的利益至高无上！我住在帕杜亚的时候，那里曾驻扎过一个白龙骑兵团——而我跟很多军官都很熟稔！他们的规矩我一清二楚。何况我跟贵国的塔尔布斯基亲王也常常聊这些问题……另一位助手是很快就到吗？”

“我每时每刻都在等他来——看，他来了。”萨宁往街上看了一眼说道。

庞塔列奥内站起来，看了一眼挂钟，整理了一下发型，

1　见前注，只是此处的俄语原文略有差异，表明老头的发音不准。

边连忙将跑到裤兜外面晃荡着的一根绦带塞进口袋里去。之前那位年轻的少尉走了进来，还是那样腼腆和难为情的样子。

萨宁介绍了两位助手互相认识。

“Monsieur Richter, souslieutenant! –Monsieur Zippatola, artiste! [1]”

看到老头儿的时候，少尉稍微有一点儿吃惊……喔，假如此刻有人低声告诉他，介绍给他的这位“艺术家”还从事厨艺的时候，他又会说什么呢！……但是庞塔列奥内装出一副样子来，好像参与安排决斗对他来说不过是一件很稀松平常的事情：很有可能的是，介绍时提到他的戏剧背景在此种情况下对他不无好处——因为决斗助手就是他正在扮演的一个角色。不仅是他，也包括少尉，两个人一时都沉默不语。

“怎么着？咱们开始吧！”庞塔列奥内一边玩弄红宝石徽章，率先发话了。

“开始，”少尉回答，“但是……决斗双方的一个人在这里……”

“我马上离开，留你们在这里，先生们。”萨宁喊了起来，略一躬身，就走进了卧房——并随手把门关上了。

他倒到了床上——想起了杰玛……但是两位助手交谈的声音透过关上的门还是传到了他这里。他们用法语交谈；两人的

1　法语：里赫捷尔先生，陆军少尉！——齐帕朵拉先生，艺术家！（原注）

法语稀烂，每位都不输彼此。庞塔列奥内又说起了帕杜亚龙骑兵、塔尔布斯基亲王——少尉则说起了“exghizes léchères[1]”和“goups à l'amiaple[2]”。但是老头连听都不想听什么“exghizes[3]”！萨宁更加大吃一惊的是，庞塔列奥内突然开始跟少尉谈起了某个无辜的年轻女歌手，说她的一个小手指头比世界上所有军官的价值都高……（Oune zeune damigella innoucenta, qu'a ella sola dans soun péti doa vale piu que toutt le zouffissié del mondo!）并反复多次激昂地重复同样的话：“这真丢脸！这真丢脸！（E ouna onta, ouna onta!）”中尉[4]一开始并没有反驳他，但随后这位年轻人愤怒的颤抖声音就让人听得越来越清楚了，他指出，他来这儿不是听他道德劝谕的……

“在您这个年龄听一听真话总归有益无害！”庞塔列奥内大声说。

两位决斗助手之间的辩论非常激烈，几次都是针尖儿对麦芒；辩论超过了一个钟头，最后终于达成如下：“兹定于明天上午十点冯·顿戈弗男爵与德·萨宁先生决斗，地点在戛瑙附近一片小树林，距离二十步远；每人按照指定的助手指令可以

1 见前注，法语：轻微的道歉。正确的拼写应该是：excuses légères。

2 见前注，法语：友好互射。正确的拼写应该是：coups à l'aimable。

3 见前注，法语：道歉。正确的拼写应该是：excuses。

4 原文如此。根据上文介绍，此处应为“少尉”的笔误。

开两枪。手枪无加速装置[1]并不带来复线。”冯·里赫捷尔先生走了，而庞塔列奥内隆重其事地打开卧房的门，通报了商谈结果，又大声叫起来：“Bravo, Russo! Bravo, giovanotto![2]胜利将属于你！”

几分钟之后，他们俩一起出发去洛泽里糖果店。萨宁事先就要求庞塔列奥内要将决斗一事作为最高机密进行保密。老头只是将一根手指头朝天举起，眨了眨眼睛，连续低声说了两遍以下的话作为答复：“Segredezza!（保密！）”他看上去变年轻了一些，甚至步履也更加轻松。所有这些非比寻常、尽管是很不愉快的事件又将他活灵活现地带回到他接受和发出挑战的那个时代——诚然，那是在舞台上。众所周知，这些男低音歌手在各自的角色扮演中非常善于摆出公鸡斗架的架势。

1 来自德语“Schneller”，此种装置不但可以加速射击速度，还可以降低后坐力。

2 意大利语：太棒了，俄罗斯人！太棒了，年轻人！（原注）

19

埃米尔跑出来迎接萨宁——他等了一个多小时——只为等到萨宁到来，并急切地咬耳朵跟他说，母亲对昨天不愉快的事情完全不知情，所以跟她甚至不要有任何暗示，还说他又被打发去商场了！但是他不要去那里，他将找个地方躲起来！等他连着一口气说完这一切，他突然扑到萨宁的肩头，一阵风似的吻了他，就跑上街去了。杰玛在糖果店迎接了萨宁；她想说点什么——却说不出。她的双唇微微颤动，而眼睛眯着，眼神四处游离不定。他则急着安慰她说，事情已经全部结束了……小事一桩。

“您那里今天没有谁去拜访吗？”她问。

“我那里去过一个人——我跟他谈好了——我们……我们达成了最令人满意的结果。”

杰玛走到柜台后面。

“她不相信我！”他想，可他走进隔壁房间的时候，又遇到了莱诺拉太太。她的偏头痛已经好了，但是她仍处于郁郁寡欢的情绪中。她亲热地冲他一笑，但同时又警告他说，他今天跟她在一起会很无聊，因为她不便招待他。他朝她坐了过去，发现她的眼睑发红，有点肿。

“您怎么啦，莱诺拉太太？难道您哭过？”

“嘘……”她小声说道，一边用头指了指她女儿所在的房间，“请不要说这个……这么大声。”

“但您到底哭什么呢？”

“哎，萨宁先生，我自己也不知道为什么哭！”

“谁惹您生气了吗？”

“喔，不是！……我就是突然觉得郁闷至极。我想起了乔万尼·巴提斯塔……想起了我的青春年华……这一切都过得太快了。我老了，而我怎么也无法容忍这一点。我觉得自己也许依然故我……而衰老——就在眼前……就在眼皮子底下！”莱诺拉太太眼里噙满了泪花，“我看出来了，您看着我是这样吃惊……但是您也会慢慢变老的，我的朋友，您将尝到，这有多么苦！”

萨宁开始安慰她，还提到在她孩子们的身上她的青春得以复活，甚至试着调侃她说，她这是想要博得几句恭维话……但是她并不是开玩笑，请他“不要再说了”，于是他立即就明白，类似的苦闷，意识到老之已至的沮丧，是什么都无法安慰、也无法消弭的；唯有等待这种苦闷沮丧自己慢慢消散。他劝她跟自己玩一把特列瑟特扑克牌——除此之外他想不出更好的办法。她马上就同意，并且好像变得愉快起来。

午饭前和午饭之后，萨宁都在陪她玩牌。庞塔列奥内也参加进来玩。他头上蓬起来的那一绺头发从没有这样低地垂到额头，他的下巴颏也从来没有如此深地缩到领结里！他的一举一动都透着一种聚精会神的庄重感，只要你看他一眼，就会产生这样一种想法：这个人如此执着保守的到底是个什么样的秘密呢？

但是——segredezza！ segredezza！[1]

那一整天他竭尽所能对萨宁表现出最大的尊敬；吃饭的时候，隆重和果断地首先为萨宁夹菜；玩扑克牌补牌的时候故意给萨宁让牌不让他输；他文不对题地宣称，俄罗斯人是世界上最宽宏大量、最勇敢、最坚韧不拔的民族！

“哎呀，你可真是个老戏骨啊！”萨宁暗自想。

跟莱诺拉太太意料不到的坏心情相比，更令他吃惊的却是她女儿对待他的态度。她并非有意躲着他……相反，她常常坐在离他不远的地方，注意听他说话，看着他；可就是下定决心不跟萨宁说话，一旦他想跟她攀谈时——她就悄悄站起身，悄悄走开一小会儿。过一会儿她又回来，又坐在角落某个地方——坐在那里一动不动，仿佛在思索和犹豫不决……更多的是犹豫不决。莱诺拉太太最后也发现了她举止异常，还问了她一两回

1　意大利语：保密！保密！

到底怎么啦。

“没什么，”杰玛回答，“我有时候就会这样，你知道的。”

“这倒是真的。”母亲同意她的说法。

漫长的一天就这样过去了，不温不火——无喜无忧。假如杰玛的态度不同——萨宁……怎么知道呢？也许就会禁不住冒险地卖弄一下自己或者单纯地让自己陷入可能的、也许是最后诀别之前的那种忧郁之中……但是因为他连一次跟她说上话的机会都没能获得，他就只好满足于在晚餐喝咖啡的那一刻钟里在钢琴上弹几曲忧郁的和弦了。

埃米尔回来得很晚，并且为了躲避被问起克柳别尔先生，他一下子就溜开了。萨宁也该走了。

他跟杰玛告辞。不知为何他竟然想起了长诗《奥涅金》中连斯基与奥莉嘉的告别情景。他用力握住她的手，想再看一看她的脸庞——她却将脸轻轻地扭向一边，抽回了自己的手。

20

当他走上门廊的台阶，已全然“繁星满天”。空中散布太多太多颗星星，有大的，有小的，有黄色的、红色的、蓝色的、白色的！它们争先恐后闪耀着光、星群交相辉映。天上不见那轮月，但是就算没有月光，半明半暗、无阴影的夜色中，万物仍清朗可辨。萨宁穿过整条街走到街尾……他不想马上回酒店；他觉得他应该在清新的空气中再多待一会儿。他往回折返——还没走到洛泽里家的糖果店那栋房子跟前时，朝街面的一扇窗户突然吱呀一声打开了——黑色的四方形窗框之中（房间里没开灯）是一位女性的身影——他听见有人喊他的名字：“Monsieur Dimitri! [1]”

他立刻奔向窗口……是杰玛！

她胳膊支在窗台上，向前探出身体。

“德米特里先生，”她说话的口气很是小心谨慎，“今天

1 法语：德米特里先生！

整天我都想着给您一样东西……但没给成；现在，又突然看见您，想了想，这应该就是命中注定……”

说到这，杰玛下意识地不说了。她没法说下去了：因为就在这时一件不同寻常的事情发生了。

万籁俱静之中，天空中万里无云，倏忽间，骤然刮起一阵旋风，整个大地仿佛都在脚下战栗，微弱的星光瑟瑟发抖，很快四散而去，大团气流旋转翻滚。这股旋风一点儿都不冷，而是温暖的，甚至是炙热的，抽打着树木、屋顶、墙壁，抽打着街道；它一下子就吹落了萨宁头上的帽子，刮起和吹乱了杰玛一头乌黑的鬈发。萨宁的头部位置正好跟窗台的高度齐平；他下意识地贴了过去——于是杰玛用双手一下子抓住他的肩头，胸脯贴在了他的头上。喧嚣声、叮当声和轰隆声持续了一分多钟……狂暴的旋风如巨大的鸟群般呼啸而过之后……一切又重归寂静。

萨宁微微抬起头，就看见他面前那一张美艳绝伦、惊慌失措而又春意荡漾的脸，看见那一双大大的、惊恐的、闪闪发光的眼睛——他从未见过这样一位美人儿，他的心都停止了跳动，他把嘴唇紧紧贴向垂在他胸口的她那一束头发——只能说出：

“噢，杰玛！”

“刚才那是什么？闪电？”她说，眼睛四处张望，而并没有将自己裸露的手臂从他肩上抽回来。

“杰玛！”萨宁还在喊她的名字。

她叹了一口气，回头望了一眼房间，飞快地从自己的裙腰掏出一朵已经枯萎了的玫瑰花，将它抛给了萨宁。

“我想把这朵小花送给您……”

他认出了这朵他头一天夺回来的玫瑰花……

但窗户已砰的一声关上了，暗淡的窗玻璃后面漆黑一片，连一点儿反光也没有。

萨宁光着头回到了酒店……他甚至都没发现他把帽子丢了。

21

直到天快亮了他才睡着。太自然不过了！在那一阵夏日骤然而至的旋风的锤炼之下，他几乎也是骤然间感觉到——不是感觉到杰玛是一位美人儿，也不是感觉到他喜欢她——这些他之前就感觉到了……感觉到的是他几乎已经……爱上了她！爱情，就像那股狂风席卷了他。而现在却还有一场愚蠢的决斗！悲哀的预感开始折磨他。好吧，设想一下，就算他不会被一枪打死……他对这位姑娘的爱、对这位别人的未婚妻的爱又能指望有什么结果呢？甚至还可以设想，就算这位“别人”对他没啥危险，就算杰玛自己会爱上他或者已经爱上了他……那又会有怎样的结果呢？还能怎样？这样一位美人儿……

他在房间走来走去，坐到桌子跟前，拿起一张纸，写了几行字——马上又将它们划掉……他又想起了暗淡的窗口、星光之下杰玛那柔美的身形、温暖的旋风吹拂下她整个人的气息；想起了她那大理石般洁白、只有奥林匹亚山上的女神们才会有的那样的双手，他感觉到了那双手在自己肩上真实的重量……

随后他又拿起了她抛向他的那朵玫瑰——似乎他觉得，比起玫瑰花平常的香气，这半枯萎的玫瑰花瓣散发的是另一种更加细腻的香……

“假如突然他被打死或者打残废了呢？”

他没有躺到床上，而是衣服没脱就在沙发上睡着了。

有人推了推他的肩膀……

他睁开眼睛一看，是庞塔列奥内。

“他睡得跟巴比伦决战前一夜的亚历山大·马其顿一样！”老头大声说道。

“几点了？”萨宁问。

“七点差一刻；赶到戛瑙——还需要两个钟头车程，而我们一定得首先抵达。俄罗斯人总是这样警示对手！我租到了法兰克福最好的马车！”

萨宁开始盥洗。

“那手枪在哪里？”

“那个该死的德国佬会把手枪运过去。还有一位医生也是他负责送到。”

庞塔列奥内看来跟昨天一样精神饱满；但当他跟萨宁一起坐进马车，当马车夫啪啪甩响马鞭而马儿迈步开跑的时候——昔日的歌手和帕杜亚龙骑兵的老友身上起了突然的变化。他变得发窘，甚至胆怯起来。他的内心仿佛有个什么东西像一面垒得很差的墙壁一样被彻底摧垮了。

“可是我们在干什么呀，我的上帝，santissima Madonna[1]！”他突然尖声喊起来，抓住自己的头发，“我在干什么，我这个老笨蛋、疯子、傻瓜（frenetico）？”

萨宁吃了一惊并笑了起来，他轻轻揽住庞塔列奥内的腰，跟他提到了一句法国谚语：“Le vin est tiré–il faut le boire.[2]”（用俄语来说即是“扛起了轭头，就别说没力气”。）

“对，对，”老头儿回答，“这杯酒我和您一定要干掉它——而我真是疯了！我是个疯子！一切曾经那样安静、美好……突然间：哒——哒——哒，特拉——哒——哒！”

“就好像乐队里的 tutti[3]，”萨宁勉强地笑着说，“但是错不在您。”

“我知道，不是我的错！有什么好说的！这毕竟还是……一个如此放纵的行为。见鬼（Diavolo）！见鬼（Diavolo）！”庞塔列奥内反复说，一边摇晃那绺头发一边叹气。

马车不停地跑着、跑着。

真是一个美好的清晨。法兰克福的街道刚刚热闹起来，一切都显得如此纯净、怡人；一栋栋房子的窗玻璃像金属箔片依次闪着金光；而马车刚一驶出城门——从头上，从淡蓝色、还

1 意大利语：至圣圣母。（原注）

2 法语：酒一旦倒上，就应该干掉。（原注）

3 意大利语：全体齐奏。（原注）

不是很明亮的天空中，就传来白灵鸟嘹亮的鸣叫。突然在公路拐弯处的一棵高大的杨树后面有个熟悉的身影一闪，迈了几步就停在那里。萨宁定睛一看……我的上帝！是埃米尔！

“难道他知道什么了吗？”他转身问庞塔列奥内。

“我不是跟您说了，我是个疯子，”可怜的意大利人绝望地、几乎是吼着大叫起来，“这个惹祸的孩子整夜都让我不得安宁——我就只好在今天早上，终于全都告诉他了！”

“这就是你所说的 segredezza（保密）！”萨宁心想。

马车行驶到埃米尔跟前；萨宁吩咐马车夫勒住马匹，将“惹祸的孩子”叫到跟前。埃米尔怯生生地靠过来，他脸色苍白，苍白得跟他发病那天一样。他勉勉强强地站住了。

“您在这里干什么？”萨宁严厉询问他，“为何不待在家里？”

“请允许……请允许我跟您一起去吧，”埃米尔嗫嚅着说，声音发抖，伸着两手。他的牙齿像发热病的人一样叩得直响。“我不会妨碍您——只要您带上我！”

“如果您对我哪怕还有一点点眷爱和尊重，”萨宁说，“请您马上回家或者去克柳别尔先生的商场，跟任何人都不要讲一个字，直到我回来！”

“等您回来，”埃米尔哽咽着说——他清脆的声音戛然而止，“但是，万一您……”

“埃米尔！”萨宁打断了他的话，眼神朝马车夫示意再等一下，“请记住我的话！埃米尔，请回家去吧！听我的话，我的朋友！您说您爱我。那么，我请求您！”

他把一只手伸向他。埃米尔踉跄地往前迈了一步，抽噎了一下，就把那只手紧紧贴在自己的嘴唇上，随后，他离开了公路，穿过田野，往法兰克福城的方向跑去。

“同样是一颗高尚的心灵。”庞塔列奥内嘟囔了一句，但萨宁忧郁地盯了他一眼……老头儿就缩回到马车一角去了。他知道自己错在哪里；而除此之外他越来越感到诧异的是：难道他确确实实地当了一名决斗助手，马匹也弄到了，一切都安排得井井有条，而且在清晨六点离开自己宁静的寒舍启程出发？难怪他的双腿已经酸痛得不得了啦。

萨宁认为很有必要提振一下他的士气——说到做到，他还真找到要说的话了。

“您往日的那种精神气概哪里去了，尊敬的齐帕朵拉先生？il antico valor（往日的豪迈）哪里去了？”

齐帕朵拉先生直了直身体，拧了一下眉头。

“Il antico valor（往日的豪迈）？”他用自己的男低音说道，“Non è ancora spento（尚未全部丧失）——il antico valor（往日的豪迈）！”

他又拿起一副派头，开始谈起自己的演出生涯、歌剧，还有伟大的男高音歌唱家加西亚——就这样像模像样地抵达了戛瑙。你想象得到吧：世界上没有比语言更强大有力的了……也没有比语言更软弱无力的！

22

要进行决斗的那片小树林距离戛瑙四分之一俄里[1]。萨宁和庞塔列奥内如老头儿提示的那样首先到达；他们吩咐马车停在森林边，就往树林的深处走，一直走到一些树木浓密的树荫下。他们等了将近一个钟头。

等待对于萨宁来说倒不是很重的负担；他沿着小路来回溜达，听小鸟唱歌，观察蜻蜓飞行的轨迹，跟大多数俄国人一样，尽量什么也不去想。只有一次他陷入沉思：他看见了一棵小椴树，貌似被昨天的暴风雪折断了。小树肯定要死去……树上所有的叶子都会死光。“这是什么？预兆？”他脑海里闪过这个念头；但是他马上就吹起口哨，一步跨过那棵小椴树，沿着小路继续前行。庞塔列奥内呢——他唠唠叨叨，咒骂着德国人，嘴里不停地哼哼，一会儿捶捶背，一会儿揉揉膝盖。他甚至焦躁得打起了哈欠，这让他那缩成一团的小脸上的表情看上去非

1 旧俄丈量单位，1俄里等于1.61公里。

常滑稽可笑。萨宁看着他差点哈哈大笑起来。

终于，柔软的沙石路上传来一阵车轱辘声。“他们来了！”庞塔列奥内低声说了一句，浑身一激灵，挺直了身体，刹那间还有点神经质的战栗，不过，他连忙掩饰了过去，感叹地打了一个嘟噜！——接着指出，今天早上的空气真清新。野草和树叶上都挂满露水，但是炎热已经钻进了森林里。

两位军官不久出现在森林的拱形树荫下；陪同他们俩还来了一位个子不高、长得很结实、表情冷漠、几乎是睡眼惺忪的人——军医。他一手拎着一个盛满水的土罐以备急需；左肩挎着一个装着外科手术器具和绷带的书包。显然，他对类似的差事熟悉得不能再熟悉了；这些差事也成为他收入的一个主要来源：每次决斗都能为他带来八个金币[1]——决斗双方每一方四个金币。装着手枪的匣子由冯·里赫捷尔先生拿着，冯·顿戈弗先生手里摇晃着一根小马鞭，大概是为了“摆阔”。

“庞塔列奥内！”萨宁跟老头儿耳语道，“如果……如果我被打死——一切都有可能——从我侧口袋里掏出那张纸——纸里面包着一朵花——请将它交给杰玛小姐。您听见了吗？您保证？”

老头儿悲凉地看了他一眼——肯定地点了点头……但是天知道，他是否真明白萨宁要他做的事情。

1　不同时期，旧俄金币等于三、五、十个卢布不等。

两位对手和各自的助手按照惯例相互鞠了一躬；那位医生甚至眉毛也没抬一下——就打着哈欠，一屁股坐到草地上。“讲究骑士的礼节，”他说，“可不关我的事情。”冯·里赫捷尔先生让“特什巴朵拉”先生挑选决斗地点；“特什巴朵拉”先生舌头也捋不顺（他内心那堵“墙”又坍塌了），说道：“您来吧，大人；我看着……”

于是，冯·里赫捷尔开始了选址。就在森林里，他找到了一片超级漂亮、长满野花的林间空地；用脚步量好了距离，两个端头用匆忙削好的树枝作为标记插好，从箱子里取出两支手枪，蹲下来，装好子弹；一句话，他使出浑身的力气忙乎张罗，不停地用白手绢擦他那张满头大汗的脸。陪同他的庞塔列奥内却更像是一位呆头呆脑的木头人。

整个这些准备过程期间，两位对手站在不远处，就像两位跟自己的老师在赌气的受处罚的中学生。

决定性的时刻到来了……

两人举起了自己的那把枪……[1]

就在这个时候，冯·里赫捷尔先生跟庞塔列奥内说，作为一位年长的副手，根据决斗规则最后喊出“一！二！三！”之

1　引自普希金长诗《叶甫根尼·奥涅金》第6章29节。

前，他还必须要对两位决斗者进行最后的劝告和建议和解；虽然这种建议从来都不会带来任何结果，几乎完全只是沦为一种空洞无物的形式，然而履行这种形式却可以免除齐帕朵拉先生的某些责任；当然，这种劝谕[1]也是所谓“不偏不倚的证人”（unparteiischer Zeuge）的直接责任，但因为他们没有这样一位证人，他，冯·里赫捷尔先生自愿将这个特权赋予他尊敬的同行。庞塔列奥内这时候已藏到看不见欺辱者军官的树丛后面去了，所以一开始根本没听明白冯·里赫捷尔先生讲了些什么——更何况这些话鼻音很重；但是突然之间，他猛地浑身一抖，飞快地跑上前来，两只手猛烈捶打自己的胸口，用嘶哑的嗓音、法语意大利语混杂在一起大喊大叫起来："A la-la-la...Che bestialitá! Deux zeun'ommes comme ca qué si battono-perche? Che diavolo? Andate a casa![2]”

“我不同意和解。”萨宁马上宣称。

“我也不同意。”对手紧跟着他说。

“既然如此，请您喊：一、二、三！”冯·里赫捷尔对失魂落魄的庞塔列奥内说。

老头又慢慢躲到树丛后——这才全身哆哆嗦嗦、眼睛紧眯，

1　来自拉丁语中的“allocutio”，意为“劝谕、言语、规劝”。（原注）

2　意大利语和法语：啊呀——呀——呀……太野蛮了！两个风华正茂的年轻人决斗——为了什么？真是见了鬼了？你们应该各自回家去！（原注）

头扭向一边，敞开嗓门大声喊道：

“Una…due…e tre! [1]”

首先开枪的是萨宁——并没有命中。他的子弹啪的一声射进了树干。

紧跟着男爵顿戈弗也开了一枪——故意偏向一边，朝天开了一枪。

紧张的沉寂……谁也没挪一步。庞塔列奥内轻轻哎哟了一声。

“还继续吗？”顿戈弗问。

“您为什么朝空中放枪？”萨宁问。

“这不关您的事儿。”

“您接下来第二次也朝空中开枪吗？”萨宁不依不饶地再问。

“有可能；不知道。”

“对不起，对不起，先生们……”冯·里赫捷尔说，“决斗期间决斗者不能相互交谈。这完全不符合规则。”

“我拒绝再开枪。”萨宁说完将手枪扔在地上。

“我也不打算继续决斗了，”顿戈弗大声说，也把手枪扔到一边，“而且我现在愿意承认，是我错了——前天。”

他在原地犹豫了一会儿——缓缓地将手伸向前面。萨宁快步走到他跟前——握住了他的手。两位年轻人微笑着互相看了

1 意大利语：一……二……三！（原注）

看——两张脸都红扑扑的。

“好啊！好啊！”庞塔列奥内像个疯子一般，突然大声嚷嚷，拍着手，像一只筋斗鸽一样从树丛后面跑出来；而那位在伐倒的一棵树干上坐得太久的医生，慢慢站起身，将罐子里的水全倒掉，懒洋洋地朝树林一边走去。

“荣誉受到了保护——决斗结束！”冯·里赫捷尔宣布。

“Fuori!（好！）”庞塔列奥内按照剧院的习惯又高声喝了一声彩。

跟军官们鞠躬告别并坐进马车厢后，的确，萨宁全身心感到的即便不是满足，至少也是某种程度的轻松，像刚经历了一场手术；但是另一种有点儿类似羞愧的感受也蠢蠢欲动起来……他感到这场决斗显得虚伪、是预先设定的走过场，像军官和大学生之间的一场游戏玩意，而他在决斗中刚刚扮演了决斗者的角色。他想起了那位脸色阴郁的大夫，想起他的微笑——还拧着鼻子，当他看到萨宁几乎是挽着男爵顿戈弗的手臂走出树林的时候。随后，当庞塔列奥内将这位大夫应得的四个金币付给他的时候……唉！总觉得哪里不太对劲儿！

是的；萨宁觉得有点羞愧和可耻……尽管，从另一方面来说，他又能做些什么呢？总不能让军官的无礼行为不受到惩罚、总不能学那位克柳别尔先生的样子吧？他是为了杰玛才这样做的，他保护了她……就是这样；而他还是心乱如麻，觉得良心上过不去，甚至觉得可耻。

庞塔列奥内——却兴奋异常！骄傲突然占据了他。战场上得胜归来的常胜将军也没有他看上去这样扬扬得意。萨宁在决斗中的表现让他非常满意。他尊称萨宁为大英雄——对萨宁的劝阻和要求听也不想听。他将萨宁比作大理石雕或青铜像——比作《唐·璜》中的那位首席骑士！至于说到他自己，他承认他感到了一些慌乱。“但我是一位演员，”他说，“我天生就敏感，而您——是白雪和花岗岩之子。”

萨宁简直不知道如何才能让这位兴高采烈的演员平静下来。

几乎就在道路的同一个地方，两个小时左右之前他们遇到埃米尔的那个地方，他又从树后面跳了出来。他高兴地喊叫、挥舞头顶的帽子、跳跃着、直接向马车飞跑过来，差一点跌倒到车轮下，还没等马停下脚步，就使劲儿挤进还关着的车门——两眼紧紧地盯住萨宁。

“您活着，您没受伤！”他反复地说。“请原谅我，我没有听您的话，我没回去法兰克福……我做不到！我一直在这里等着您……请您告诉我都发生了些什么！您……打死了他吗？”

萨宁好不容易才让埃米尔安静下来，让他坐好。

庞塔列奥内废话连篇地、绘声绘色地给他讲述了决斗的全部细节，当然，最后也没忘记再次提及青铜雕像和首席骑士！他甚至从自己的位子上站了起来，笨拙地劈开两脚以便保持住平衡，双手交叉抱在胸前，眼睛从一个肩头轻蔑地斜视过去，把骑士萨宁表现得活灵活现！埃米尔满怀景仰地听着，有时用赞叹声打断讲述或者飞快地欠起身、同样飞快地亲吻一下自己的英雄朋友。

马车的车轱辘沿着法兰克福的街道辚辚而行——最后终于在萨宁下榻的酒店门前停了下来。

当萨宁在两位同伴的陪同下走到酒店二楼楼梯的时候，突然一位妇女迈着急促的步子从幽暗的走廊里走了出来：她头上蒙着纱巾；在萨宁的跟前停住，身体微微一晃，颤抖地吸了一口气，就迅速地往楼下大街跑去——随后就消失了，令门童大为吃惊的是，据他说，“这位女士等外国先生回来已超过一个小时”。虽然她只是在眼前一闪而过，萨宁还是认得出她就是杰玛。褐色的纱巾虽然密实，他还是认出了杰玛的眼睛。

“难道杰玛小姐都知道了……”他冲着紧跟在他身后走着的埃米尔和庞塔列奥内，用德语拖着不太满意的腔调说。

埃米尔脸一下子红了，慌了神。

“我实在没办法才跟她说的，”他嗫嚅地说，“她一直猜来猜去，而我怎么也不能……但是现在这些都毫无意义了，”他又兴奋起来，“结局真是太完美了，而她也看见您健健康康、毫发无损！”

萨宁转过身。

“你们俩可真是嘴快的人啊！”他懊恼地说了一句，走进自己的房间就坐了下来。

“请您别生气。”埃米尔恳求道。

“好吧，我不生气。（萨宁确实没生气——再说，说到底，他难道希望杰玛对这件事一无所知吗？）好啦……不用再拥抱了。现在你们走吧。我想一个人待着。我要睡觉。我累了。”

“好主意！”庞塔列奥内赞叹道，“您需要休息！您完全应该好好休息，尊敬的先生！我们走吧，埃米尔！踮起脚走！踮起脚！嘘——！”

萨宁说他想睡觉，本来只是为了打发两个同伴离开；但是，真剩下他一个的时候，他真真切切地感到了浑身透着的疲乏：他前一晚几乎没合过眼，所以刚一躺到床上，马上就沉沉地进入了梦乡。

23

他一连熟睡了好几个小时。那之后他还做了个梦，梦见他又在决斗，但站在他对面的对手变成了克柳别尔先生，而一棵云杉树冠上是一只鹦鹉，且这一只鹦鹉就是庞塔列奥内，他总是捏着鼻子重复地说：一，一，一！一，一，一！

“一……一……一！”他已经听得不能再清楚了：他睁开眼睛，抬起头……有人在敲他的门。

“请进！”他喊道。

敲门的是酒店服务生，通报说有一位女士非常想见他。“杰玛！”他的脑海一闪念……但来的女士是杰玛的母亲——莱诺拉太太。

她刚走进房间，便立刻坐到椅子上哭起来。

“您怎么啦，我善良、可爱的洛泽里太太？”萨宁说着就坐到她跟前并轻轻抚摩她的手，“发生了什么事？请放下心来，我请求您。”

“哎呀，德米特里先生！我太……太不幸了！”

“您，不幸？”

“哎呀，非常！而我怎么能够预料得到？突然，简直晴天霹雳……”她喘气都喘得很困难。

“但是出什么事了？请说！要给您倒一杯水吗？”

“谢谢，不用。”莱诺拉太太用手绢擦完眼泪，又哭得更厉害了，“所有的一切我都已经知道了！一切！”

“怎么说是一切？”

“就是今天发生的一切！还有起因……我也一清二楚！您的所作所为就是一位高尚人的行为；但是多少不幸的情况都凑到一起了！难怪我不太喜欢这次索登的郊游……难怪！（莱诺拉太太郊游那天根本就没说过类似的话，但现在她觉得——她在那个时候就已预感到了‘一切’。）所以我才来到这里找您，因为您是一位高尚的人，一位朋友，虽然五天前我才第一次见到您……但我只是一名孀妇，孤苦伶仃……我的女儿……”

莱诺拉太太泣不成声。萨宁不知道如何是好。

“您的女儿怎么啦？”他又问道。

“我的女儿，杰玛，”莱诺拉太太几乎带着呻吟声从哭得湿透了的手绢下喊出这一句，“今天跟我说她不想嫁给克柳别尔先生了，还要我别答应这门婚事！”

萨宁甚至微微一震：这个结果他没有料到。

“我暂且不说，”莱诺拉太太继续说道，“这多丢脸，还有天底下从未听说过未婚妻退掉未婚夫的事情；对于我们来说这就等于破产，德米特里先生。”莱诺拉太太努力使劲儿把手绢卷成越来越小的一团，就好像要将自己所有的痛苦都卷到里面去一样，“单靠我们小商店的收入我们再也活不下去了，德米特里先生！而克柳别尔先生非常富有并还将越来越富有。那么凭什么要退他的婚呢？凭他没有出头维护未婚妻吗？就算从他那一方面来说他做得不算太好，但要知道他就是一个平民百姓，也没上过大学，而作为一名有头有脸的商人，他也不应该把完全不认识的一位小军官的轻浮行为太当一回事情。况且，这又算什么侮辱，德米特里先生？”

“对不起，莱诺拉太太，您好像是在指责我。”

“我一点儿都没有指责您，一点儿都不！您完全是另外一回事；您，跟所有俄国人一样，都是军人……”

“抱歉，我完全不是……”

“您是一位外国人，游客，我很感激您。”莱诺拉太太不听萨宁的话，自顾自继续说下去。她急喘粗气，挥舞两只手，再打开手绢擤鼻涕。就凭她表达自己痛苦的这种方式来看，她不是一位爽朗的北方人。

“假如克柳别尔先生跟顾客打起来了，那他还怎么在商场里做生意？这简直无法想象！现在可好，我却要跟他提退婚！但我们靠什么生活呀？以前只有我们一家做止咳糖和阿月浑子牛轧软糖——还有顾客来找我们买，而现在大家都在做甜食了！请您想一想：你们的决斗本来就要在城里被议论得沸沸扬扬了……难道这藏得住吗？而突然婚礼又被搅黄了！这简直就是胡闹，胡闹！杰玛是一位非常优秀的姑娘；她很爱我，可她又是一位倔强的共和主义者，听不进去别人的意见。只有您一个能说服得了她！”

萨宁比先前更加惊讶了。

“我，莱诺拉太太？”

“是的，只有您一个人……您一个人。正因为如此我才来找您：我想不出其他的办法！您有学问，人又非常好！您已经为她挺身而出过了。她信您！她肯定会信您的——要知道您为了她都拿自己的生命冒过险！请您劝劝她，而我真是没有办法了！请您告诉她，她会把她自己和我们所有人都毁掉。您救了我的儿子——请再救救我女儿！您是上帝亲自派过来的……我可以跪下来请求您……”

于是莱诺拉太太从椅子上抬起半个身子，好像真准备朝萨宁跪下来似的……萨宁拦住了她。

“莱诺拉太太！看在上帝的分上！您这是干什么？”

她急忙抓住了萨宁的双手。

“您答应了？”

“莱诺拉太太，请您想一想，怎么我也扯不上……”

“您答不答应？您不想我现在就死在您面前吧？”

萨宁六神无主了。平生头一回让他遇上一个一点就着的意大利血统的女人。

“只要您愿意我做什么都行！”他大声说，“我去跟杰玛小姐谈一谈……”

莱诺拉太太高兴得叫了起来。

“说真的，我只是不知道会有什么样的结果……”

“哎呀，您不要推辞！不要推辞！”莱诺拉太太恳求道，“您已经同意了的！结果，想必也会非常好。退一万步说，我反正已经没什么法子了！她不听我的话！”

“她跟您说不愿意嫁给克柳别尔先生说得态度非常坚决吗？”沉默了一会儿，萨宁问道。

“非常坚决，斩钉截铁！她完全随她父亲，乔万尼·巴提斯塔！胆大包天！”

“胆大包天？她吗？……”萨宁拖长声音再问道。

“是啊……是啊……但她也是一位天使儿。她会听您的。您来吗，很快就来吗？噢，我可爱的俄罗斯朋友！”莱诺拉太太猛地一下子从椅子上站起身，并且同样猛地一下子揽过坐在她跟前的萨宁的头。“请接收一位母亲的祝福——麻烦请给我一杯水喝！”

萨宁给洛泽里太太倒了一杯水，向她保证他很快就去，并把她送下楼到大街上——当他回到自己房间时，甚至两手一拍，瞪圆了一双眼睛。

“这下好了，”他想，“现在，生活这下可热闹了！热闹得简直让人头昏脑涨。”他都没来得及回过神就已经知道，已经发生了什么事：一团糟——真要完蛋了！“真赶上了这么个日子！”他不由得嘟囔了一句，“胆大包天……她母亲说……而我却想要说服她——她？！我又能说些什么呢？！”

萨宁真的是头昏脑涨——而在各种各样的感觉、印象还有说不出来的想法交织在一起的这场旋风之中，杰玛的影子，那个温暖的、电闪雷鸣的夜里如此难以磨灭地铭刻在他记忆中的那个影子，那个星光闪烁中、幽暗窗口里的影子，又浮现在他脑海里！

24

萨宁迈着迟缓凝重的脚步走到洛泽里太太的家门口。他的心跳得非常厉害；他明显感到甚至听见他的心脏在撞击肋骨。他跟杰玛能说什么呢，他又要怎样说？他没有经过糖果店进他们的家门，而是从屋后面的台阶上去的。他在一间不大的前室遇到了莱诺拉太太。她非常高兴他的到来，都有点被吓到了。

“我一直在等您，等着您来，”她小声说道，两手交替地握紧他的一只手，“到花园里去吧；她在那里。请记着啊：我可是指望您了！”

萨宁进了花园。

杰玛坐在靠近小径边的长椅上，正从装满樱桃的大篮子里挑选熟得正好的果子放进餐碟。太阳低沉西落——已到晚上七点——洛泽里太太的整个小花园都笼罩在这一大片斜阳的余晖中，其间紫红色多过金黄。偶尔，勉强还听得见树叶低缓的窃窃私语，晚归的蜜蜂从这朵花飞到旁边另一朵花，传来一阵阵嗡鸣声，而一只斑鸠不知道在哪里咕咕唱着——单调乏味又不知疲倦。杰玛头上依然戴着那顶去索登郊游时戴的草帽。她从草帽檐下边望了萨宁一眼，又低头去忙活篮子里的活计了。

萨宁慢慢向杰玛走过去，下意识地让每一步迈得更慢，可是……可是……可是他什么话也不会说了，除了问她这一句：她挑拣这些樱桃干什么?

杰玛并没有马上回答他。

“这些——更熟一些的果子，”她最后说，“可以做果酱，而其他那些做樱桃馅饼。您知道吗，我们家就在卖这种带糖的圆馅饼。”说完，杰玛的头低得更低，而她拿着两颗樱桃的右手此时正好停在篮子和餐碟之间。

“我可以坐到您旁边吗？”萨宁问。

“可以。”杰玛在长椅上挪了挪地方。

萨宁在她身边坐了下来。“要怎么开始？”他寻思。但是杰玛帮他解了围。

“您今天去决斗了，”她突然来了兴致，整张美丽的、羞羞答答泛起红晕的脸庞转向了萨宁——她的眼中是怎样深深的感激在闪耀啊！“而您却如此淡然无事？就好像对您来讲没有什么危险一样，是吗？”

“不值一提！我没遇到什么危险。结果非常圆满，任何人都没受到伤害。”

杰玛用一个手指头在眼前左右晃了晃……这也是意大利式的手势。

“不！不！不要这么说！您别骗我！庞塔列奥内都跟我说了！”

“您可找到一个可信赖的人了！他是不是还把我比作骑士铜像？”

“他的表达方式也许滑稽可笑，但无论他的情感，还是您今天的行为，都没有什么可笑的。并且所有这些都是因我而起……因为我。我永远都不会忘记。”

“我相信您，杰玛小姐……”

“我不会忘记。”她一字一顿地又说了一遍，又盯着他望了一眼才转过头去。

现在他可以看见她纤弱、清丽的侧影了，他觉得，他从未见过如此美好的侧影，也从未体验过此时此刻的这种感觉。他的心已被点燃。

“可我的承诺呢！”他心里念头一闪。

“杰玛小姐……”一刹那的动摇之后，他还是开了口。

“什么？”

她没有转过身来，仍旧低着头挑拣樱桃，小心翼翼地用指甲拎着樱桃的细梗，细致地拨开樱桃叶……但是仅仅这一个“什么”当中又蕴含了怎样充满信任的柔情？！

“您的妈妈什么也没跟您说……关于……”

“关于什么？”

“有关我的？”

杰玛突然将她拣好的樱桃又扔回篮子。

“她跟您谈过了？”她反过来问他。

“是的。”

“她到底跟您说了些什么？”

“她告诉我说您……说您突然决定更改了……自己以前的想法。”

杰玛的头又低了下去，整个脑袋都躲进了帽子后面，只露出脖颈，柔软又娇嫩，像一朵花的花茎。

“什么样的想法？”

“您的想法……有关……您未来生活的规划。”

“也就是说……您指的是克柳别尔先生？”

“是的。”

“妈妈对您说，我不想成为克柳别尔先生的妻子，对吗？”

“是。”

杰玛在长椅上挪动了一下。篮子一歪，倒了，有些樱桃就滚到路上去了。一分钟过去了……又过了一分钟……

“她干吗要跟您说这个呢？”杰玛的声音在说。

萨宁还是只能看得见杰玛的脖颈。跟先前相比，她的胸脯起伏得更厉害了。

“为何？您妈妈想的是，我跟您在这么短的时间，可以说就交上了朋友，同时您对我开始有了一些信任，这样的话，我就可以给您提点有益的建议——而您就能采纳我的建议。”

杰玛的两只手悄悄地滑向膝盖……她在翻弄自己连衣裙上的裙褶。

“您要给我提什么样的建议呢，德米特里先生？”顿了不多一会儿，她问道。

萨宁看见杰玛的手指头在她的膝盖上颤抖……她翻弄裙褶只是为了掩盖她的颤抖。他将自己的一只手轻轻地放在她白净的、颤抖的手指头上。

“杰玛，”他轻声说，“您为何不看着我？”

她猛地将自己的帽子往肩后一掀——直视着他的眼睛，那双跟先前一样令人信任和善良的眼睛。她在等他开口……但是她整个脸庞令他羞于直视，好像迷住了他的眼睛。夕阳温暖的反射光照亮了她年轻的脸庞——而她脸上的神情比这反射光还要明亮和耀眼。

“我会听您的，德米特里先生，”她微微笑了笑，稍稍扬了扬眉头，说道，“但您要给我提什么样的建议呢？”

“什么样的建议？”萨宁重复道。“您知道了吗，您妈妈以为，您拒绝克柳别尔先生仅仅是因为他前天没有表现出特别的勇敢无畏……”

“仅仅因为？”杰玛说完，弯腰拾起篮子放到身边的椅子上。

“她说……总而言之……拒绝他，从您的角度看——是不明智的；她说，一旦迈出这一步，随之引起的所有后果都必须仔细掂量；她说，最后，您家里生意的现状也赋予了您家族每一位成员所应承担的众所周知的责任……”

“这都是——妈妈的意见，”杰玛打断了他的话，“这是她说的意见。这些我知道了；但是您是什么意见呢？”

“我的？”萨宁沉默了一会儿。他感觉到有什么东西堵在了他的嗓子眼，不让他喘气。“我也是认为，”他费力地说……

杰玛挺直了身体。

“也是？您——也是这个意见？”

“是……也就是说……”萨宁没办法、完全没办法再多说一个字。

“好的，”杰玛说，“作为朋友，如果您建议我改变我的决定……也就是说保留我先前的决定的话——那么我会考虑。”她自己也没发现她在做些什么，又开始将餐碟里的樱桃放回到大篮子里去……“妈妈希望我能听您的话……这有什么？我很可能就会听您的话。”

“但是抱歉，杰玛小姐，我一开始是想知道是什么原因让您……”

“我会听您的，”杰玛又说了一遍，她的眉头一直在跳，脸颊发白；她咬着下嘴唇，“您为我做了这么多，所以我也应该做您愿意的事情；理应满足您的愿望。我会告诉妈妈……我会考虑一下。您看，说她，她刚好走过来了。”

果不其然：莱诺拉太太就站在通往花园的正屋门口。她急不可待：她坐不住了。照她的盘算，萨宁早就应该结束了对杰玛的劝说，尽管他们俩的交谈还没有一刻钟。

“不不不，看在上帝的分上，暂时什么也不要跟她说，”萨宁急切地、几乎是惊慌地说，“请等一等……我会告诉您，我会给您写信……而您在此之前不要做出任何决定……请您等一等！”

他用力握了握杰玛的手，从长椅上一跃而起——而大大出乎莱诺拉太太意料的是，他飞快地从她身边溜过去，抬了抬礼帽，嘟囔了一句不知道什么话——就不见人影了。

她走到女儿跟前。

“请告诉我，杰玛……”

杰玛突然站起身拥抱了她。

“亲爱的妈妈，您能否稍微等一等，等一会儿……等到明天？可以吗？还有，明天之前不要再说一个字，好吗？……哎呀！……”

她的眼里突然溢出晶莹剔透的、她自己也没想到的泪水。这让莱诺拉太太更加吃惊，因为杰玛脸上的表情绝不是悲伤，而是快乐。

“你怎么啦？”她盯着她问，“你在我面前从未哭过——怎么突然……”

“没什么，妈妈，没有什么！就请您等一等。我们两个都需要等一等。明天之前您什么都不要问——让我们一起拣樱桃吧，趁太阳没下山。”

“但是你会理智一点吗？”

“噢，我会深思熟虑的！”杰玛意味深长地摇了摇头。她把樱桃扎成一束束，将它们高高地举到她泛着红晕的脸上。她没有擦掉眼泪：眼泪自己就干了。

25

萨宁几乎是跑回酒店房间的。他感觉到，他意识到，只有在那里，只有在跟自己独处的时候，他才能最终弄清楚，他怎么啦，他到底怎么啦？的确：他勉强才跨进自己的房间，刚刚才坐到写字台跟前，两只胳膊肘在写字台上一支，两掌贴住脸，他悲伤地、低沉地大喊道："我爱她，疯狂爱她！"他就像一块煤，突然吹掉覆盖在上面的那一层死灰之后，整个人儿都从里到外燃烧起来。那一瞬间……他已经无法理解，他怎么竟然能跟她并排坐在一起……跟她一起！——竟然能跟她交谈，却感觉不到，他连她的裙边都喜欢得不得了，他像那些年轻人的说法一样，愿意"死在她的脚下"。

花园的最后一次见面决定了一切。现在，当他想她的时候，她已不再是星光下长发飘飘的样子了，他看见的是坐在长椅上的她，看见的是她一下子掀掉自己的帽子那样信任地望着他的样子……爱情的战栗和渴望在他周身的血液里狂奔。他想起了那朵他已经连续三天随身放在口袋里的玫瑰花：他抽出了它，颤颤巍巍地将它紧贴在自己的嘴唇上，不由心疼得蹙紧眉宇。现在他什么也不考虑，什么也不想，什么也不盘算，什么也不预测；他跟过去的一切都疏离不见，他只管飞跃向前：从他孤独、单身汉的阴郁岸边，扑通一声跳进欢乐、激情四溅的巨流当中——他没什么痛苦，也不想知道，这巨流要将他带向何处，他会不会被这巨流的汹涌波涛击得粉碎！这已经不是不久前还能哄他入睡的乌兰德浪漫曲的那股涓涓细流了……这是一股超强的、势不可挡的波涛！它们勇往直前、飞扬激荡——而他随之飞扬。

他抓起一张纸——一个字都没有涂改，几乎是一气呵成写下了以下的文字：

亲爱的杰玛！

您知道我受托给您的是什么建议，您知道您妈妈想要的是什么和她请我做什么，但是您不知道我现在必须告诉您的是什么——这就是我爱您，我用一颗初恋之心全心全意地爱您！这一团烈焰突然在我心中燃起，但它如此猛烈，让我找不到词形容！当您妈妈来找我、请我帮忙的时候——这团火在我心底还仅仅是在隐燃——要不然，作为一个诚实的人，我大概会拒绝履行她的委托……我现在向您做的这番表白，就是一位诚实人的表白。您应该知道您与之交往的是个什么样的人——我们之间没有任何误解。您看到了，我不能给您任何建议……我爱您，爱您，爱您——

除了爱，我的脑海里，我的心中再无其他！

德・萨宁

折好、封好了信，萨宁本想唤酒店门房差他送信……不！——这样不妥……让埃米尔转交？但要到商场那边，在那些店员中间再找到他——也不妥。何况已经是晚上了——他有可能已经离开商场。这样想着，萨宁却还是戴上礼帽走出酒店到了街上；他转过一个街角，又转过去一个——让他喜出望外的是，埃米尔赫然出现在他面前。腋下挎着一个背包，手里拿着一卷纸，年轻的热心人急着赶回家去。

“难怪俗话说得好，每个恋爱中的人都有一颗福星高照。”萨宁想到这，喊住了埃米尔。

埃米尔转过身，朝他跑了过来。

萨宁没容他高兴地问好就把信交给了他，跟他说清楚信要交给谁和怎样转交……埃米尔用心听着。

“不让任何人看见，对吗？”他问道，脸上露出一种意义重大和非常神秘的表情，似乎是说：核心在哪，我们懂的！

“是，我的好友，”萨宁说完，稍微有点儿难为情，但他摸了一下埃米尔的脸，“要是有回信……您会把回信送来的，对吧？我就在屋里。”

“这您就不用担心啦！”埃米尔高兴地低声说完，就跑开了，边跑还又一次冲他点头致意。

萨宁回到了酒店房间——没点蜡烛，往沙发上一躺，双手枕在脑后，沉浸在刚刚发现的那种情愫之中，这种情愫没什么可描述的：谁有过此经历，就会知道它的痛苦和甜蜜；若无此经历——也没必要跟他谈起。

房门打开——埃米尔的脑袋露了出来。

"我带来了，"他小声地说，"就是这个，回——信！"

他示意了一下，将一张叠好的纸条高举过头。

萨宁从沙发上一跃而起，一把从埃米尔手里抓过纸条。那种欲望在他心里汹涌澎湃：现在他已顾不上遮掩，顾不上保持面子——甚至是在这个孩子、她的弟弟面前。假如可能的话，萨宁是会在他面前不好意思、克制自己一下的。

他走到窗户前——就着房前那盏街灯的光线，读到了以下几行：

我请您，我恳求您——明天一整天都不要来找我们，不要露面。我需要这样，非常需要——届时一切都会迎刃而解。我知道您不会拒绝我的请求，因为……

杰玛

萨宁把纸条一连读了两遍——喔，他感到她的笔迹是那样的亲切感人和漂亮！——他沉吟片刻，转向埃米尔。而埃米尔，正脸冲着墙，用指甲抠着墙壁，就想让人觉得他是一位多么谦逊的年轻人。萨宁大声喊他的名字。

埃米尔马上就跑到萨宁面前。

“有何吩咐？”

“请您听着，朋友……”

“德米特里先生，”埃米尔有点儿抱怨地打断了他，“您为何不用‘你’称呼我呢？”

萨宁笑了。

“嗯，好吧。你听着，朋友（埃米尔因为高兴轻轻地跳了起来）——听着：那里，你明白的，那里你去回复，一切悉数遵办（埃米尔嘴巴紧闭，郑重地点了点头）——而你自己……你明天干什么？”

“我？我干什么？您想我干什么？”

“如果你可以的话，明儿一早来我这里，早一点儿，我们去法兰克福郊外一直玩到天黑……好吗？”

埃米尔又跳了起来。

“那还用说，世上还有更好的事情吗？跟您一起玩——简直是太棒了！我一定来！”

“要是不允许你出来呢？”

“会允许的！”

“听着……不要跟那里说，是我叫你外出一整天的。”

“干吗要说呢？我不说也能出门！这没什么好怕的！”埃米尔使劲儿地亲了一下萨宁就跑了。而萨宁在屋里踱步踱了很久，很晚才躺下睡觉。他仍旧陶醉在那种惊心动魄但又甜蜜的感觉当中，那种开启新生活之前兴奋的愣怔当中。萨宁很满意的是，他能想出明天约上埃米尔去玩的主意；埃米尔跟他姐姐很像。“他能让我想起她。”萨宁不禁这样想。

但是最让他惊奇的是：昨天的他怎么会跟今天的他不同？他觉得，他“永远”都在爱杰玛——就像今天他如此爱她一样。

26

第二天早上八点，手里牵着塔尔塔利亚，埃米尔就已来到萨宁的住处报到了。就算同样是德国父母所生，都没有比他更守时的了。他跟家里撒了一个谎：他说早饭前要跟萨宁散散步，然后再去商场。趁萨宁换衣服的当儿，埃米尔本来是想跟他谈起（老实话，非常犹豫不决的样子）杰玛的话题，谈起她跟克柳别尔先生之间的小争执；但萨宁用残酷的沉默作答，而埃米尔，装出一副他懂得为何不应该轻易涉及这个敏感点的样子，再也没拉回这个话题——只是偶尔摆出一副聚精会神甚至是严肃的表情。

喝够了咖啡，两位好友出发了——当然是步行——到豪森，一个距离法兰克福不远、被森林环抱的小村庄。极目远眺，连绵起伏的陶努斯山脉跟看手掌心一样尽收眼底。天气好极了；阳光明媚，温暖和煦，但并不灼烤；清风弄枝，翠绿的树叶沙沙作响；高高的、圆形的云团投在大地上的阴影仿佛不大的斑点，均匀地、快速地滑过。两位年轻人不一会儿就步行出了城，他们沿着打扫得干干净净的人路往前走，精神抖擞，心情愉悦。拐入森林后，他们在那里盘桓许久；随后在一家乡村小店吃了一顿非常丰富的早餐；接着开始向山上攀登，欣赏一路美景，往山下投掷小石头，一边鼓掌，一边看着那些小石头一路往下又蹦又跳，跟家养的小兔子般奇怪可笑，直到山下面他们俩看不见的一名过路者尖声高叫着骂人他们才住手；随后他们四仰八叉躺在一片干燥的低矮紫黄色苔藓上小憩；接着在另一家小酒馆又喝了一杯啤酒；然后你追我赶地跑啊跑，两个人一起跳：看谁跳得远？他们大声喊叫，跟回声对答，唱歌，一起喊“啊”，嬉闹，折断树枝，用蕨类植物的小枝编织帽子戴上，甚至还跳起了舞蹈。

小狗塔尔塔利亚尽其所能，所有的活动它也都参与其中：当然，它投掷不了小石头，但是它像个陀螺般跟随小石头翻滚而下，当两位年轻人唱歌的时候，它也附和着汪汪吠叫，甚至也跟着喝了啤酒，尽管明显很不喜欢的样子：这个本领还是那个曾经养过它的大学生教会它的。顺便说一下，它不太听埃米尔的话——自己的主人庞塔列奥内的话另当别论，当埃米尔命令它“说话”或“打喷嚏”的时候——它只会摇摇尾巴和把舌头卷成筒而已。

两位年轻人之间也交谈了不少。郊游开始的时候，萨宁，因年纪稍长和更加理性，谈到的话题是关于什么叫作天命，或者命中注定，还有，人的使命是什么和由哪些构成；但是谈话很快就变得越来越不太严肃了。埃米尔开始跟自己的好友和保护人询问有关俄罗斯的情况，有关那里怎样进行决斗，还有女人漂不漂亮，能不能很快学会俄语，还有当那个军官用枪瞄准他的时候，他有何感觉？而萨宁也同时问了埃米尔有关他父亲、母亲以及他们家的一些情况，只是想尽一切办法避而不提杰玛的名字——尽管他心里想的只有她。究其本身来说，他想的甚至都不是她——而是想明天，想那个神秘、带给他未知的、从未有过的幸福的明天！就像有一层纱帘，薄薄的、轻柔的纱帘挂在他心之所及的视线前，风徐徐吹拂——于是在那层纱帘后面他能感觉得到……感觉得到有一张年轻的、一动不动的宛如天仙的面容，嘴上带着温柔微笑，眼睫毛却严肃地、佯装严肃地低垂。这不是杰玛的面容，而是幸福的容颜！最后属于他的时刻终于到来了，纱帘升起，香唇开启，睫毛打开——他的女神看见他了——大地一片光明，好像阳光普照，只有无穷无尽的欢乐和喜悦！他想的就是这样的明天——他的心在没完没了的等待生出的麻木不仁的忧愁中再一次高兴得都快停止了跳动！

这种等待、这种忧愁倒没耽误什么。忧愁陪伴着他的一举一动，也没妨碍什么。忧愁也没妨碍他和埃米尔在第三家小饭馆美美地午餐一顿——只是偶尔，有个想法像一道短促的闪电一样闪过——要是世界上有人知道了怎么办？这种忧愁也没耽误他午餐之后跟埃米尔玩跳背游戏。这个游戏是在一处开阔的林间空地进行的……萨宁太吃惊了，太难为情了，因为伴随着小狗塔尔塔利亚的狂怒吠叫，当他像鸟儿般灵敏地从弓着腰的埃米尔背上飞跃而过的时候，他突然在林间空地的边缘看见了两位军官，而他很快认出那就是昨天决斗的对手冯·顿戈弗先生和他的助手冯·里赫捷尔先生！两个人都戴着太阳镜，望着他，冷冷一笑……萨宁脚一落地，就转过身，迅速穿上扔下的外套，跟埃米尔简短说了几个字，埃米尔也穿上外套——两个人匆匆离开。他们俩回到法兰克福已经很晚。

“家里会骂我的，”埃米尔告辞的时候，对萨宁说道，“算了，无所谓啦！何况我这一天过得多么奇妙啊！简直太奇妙了！”

回到旅馆，萨宁就找到了杰玛的纸条。她约他见面——时间是翌日早七点，地点在法兰克福市郊的一个公园。

他的心多么激动啊！他非常高兴的还有，他竟对她如此百依百顺！还有，我的上帝，能预兆……这个从未有过、唯一、不可能的——铁板钉钉的明天又还有什么不能预兆呢！

他的两眼恨不能钻进杰玛的信里面去了。信的落款处，她名字的首字母“G”拖着一个长长的小尾巴，令他想起了她漂亮的手指头，她的手……他想起来，他还一次都没有吻过这只手呢……

“意大利姑娘，”他想，“不管人们怎么说，她们羞涩又端庄……杰玛就更是这样！女皇……女神……如一座纯洁的、圣女的大理石像……但这时刻终会到来——并且已经不远了……”

那个夜晚法兰克福市有这样一位幸福的人……他睡了；但是还可以用诗人的一句诗说出他自己的心声：

我睡了……但是一颗敏感的心却睡不着……[1]

这颗心轻轻地跳动，就像一只沐浴在夏日阳光下的钻进花蕊的小蝴蝶扇动的那双翅膀一样。

1 摘自列夫·梅伊（1822—1862）的抒情组诗《犹太人之歌》（1849年）中的首句诗。

27

萨宁清晨五点就醒了，六点已穿戴一新，六点半他就在公园里踱步了，并注意看着杰玛信中提到的一座小亭子。

清晨宁静，温暖，有点灰蒙蒙的。有时候似乎眼看要下雨的样子；但伸出手又感觉没有雨，只有细看衣服袖子，才会发现像最小的玻璃珠子一样细小的水珠的痕迹；但是这些小水珠很快也不下了。一丝风都没有——就像世界上根本就没有过风一样。每个声音不是在飞，而是向四周漫延开去；远处一团白色的水汽渐渐变浓，空气中飘来一股木樨草和白色刺槐花的香气。街上的商铺还没有开门，但是已看得到行人；偶尔一辆孤单的马车嗒嗒驶过……公园里还没有其他来游玩的人。园丁在用铲子清理街道，动作不紧不慢，而一位身穿黑色呢外套、年老体衰的老太太步履歪斜地穿过林阴道。萨宁根本不可能将这位走过去的老太太当成杰玛——不过，他的心一阵发紧，两眼注意地望着渐渐远去的黑影。

七点了！钟楼上的钟敲响了。

萨宁停下脚步。难道她不来了？一阵寒战突然掠过他全身。过了一会儿，又一阵寒战袭来，但已是另外的原因。萨宁听见身后传来轻轻的脚步声，还有女士服饰窸窸窣窣的声音……他转过身：是她！

杰玛沿着他身后的一条小路走来。她身穿一件浅灰色斗篷式外衣，戴一顶不大的深色小帽。她望了一眼萨宁，又把头掉向一边——走到跟他并齐的时候，又从他身边很快走了过去。

“杰玛。”他喊她的声音勉强听得见。

她冲他微微点头——继续往前走。他跟了过去。

他呼吸时断时续。两腿有点不听使唤。

杰玛走过一个凉亭，往右一拐，又经过一个不大的浅水池——有一只麻雀在那里紧忙着戏水——再绕过一个高高的丁香花坛，在一张长椅上坐了下来。这地方既舒服又隐蔽。萨宁挨着她坐下。

时间过了一分钟——无论是他还是她都没说一句话，她甚至都没看他一眼——而他也没看她的脸，而是盯着她拿着一把小雨伞的两只相互交叠的手。说什么好呢？说得再好的意义还能与他们同时出现在这里、单独在一起、这样早、面对面挨得这么近的意义相提并论吗？

“您……没生我的气吧？”萨宁终于开口。萨宁很难说出比这更蠢的话……他自己也意识到了这一点……但是至少缄默已被打破。

“我？”她回答，“为什么？不。”

“那您相信我吗？”他又问。

“相信您写的那些？”

“是的。”

杰玛低下了头，一言不发。雨伞从她手中向下滑落。她连忙抓住，它才不至于掉到地上。

“哎呀，请您相信我，相信我写给您的那些。”萨宁大声说；他的胆怯突然一下子消失殆尽——他愈加热切地说：“世界上如果存在真理的话，神圣、千真万确的真理——那就是我爱您，炽热地爱着您，杰玛！”

她很快斜着瞟了他一眼，又差一点把雨伞掉到地上。

“请您相信我，相信我，”他反复地说。他恳求她，两手伸向她，没敢碰她。“您想要我做什么……才能让您相信？”

她又望了他一眼。

“请告诉我，德米特里先生！”她说，“当您前天来说服我的时候，您很可能还不知道……还没感觉到……”

“我感觉到了，”萨宁接过话，“但不知道。从我遇见您的那一刻起我就爱上您了，但是当时不明白，您对于我意味着什么！不仅如此，我还被告知，您已经是一位订了婚的未婚妻……至于说到您妈妈的委托，首先，我怎么能回绝？其次，我这个委托如何才能转达给您，恐怕您也能猜得出来……”

一阵很重的脚步声传来，一位非常壮实的先生，肩上斜挎一个带锁的旅行皮包，看得出来是一位外国人，从花坛后面走出来——像一位过路游客般毫无礼貌地上下打量了坐在长椅上的这一对，大声咳嗽了一下，就远去了。

“您的妈妈，”沉重的脚步声刚过去，萨宁又开口说，“跟我讲，您的退婚会闹出乱子（杰玛微微一蹙眉）；而我本人多多少少也给这种不成体统的说法提供了口实，那……接着呢……我——某种程度上——也有责任说服您不要拒绝您未婚夫，克柳别尔先生……”

“德米特里先生，”杰玛一边说，一边用手捋了一下偏向萨宁那一方向的头发，“请不要称呼克柳别尔先生为我的未婚夫。我永远都不会做他的妻子。我已拒绝了他。”

“您拒绝了他？什么时候？”

“昨天。”

“当着他本人？”

“当着他本人。就在我们家里。他来过我们家。”

“杰玛！这么说，您爱我？”

她转过脸对着他。

“要不然……我难道还会来这里吗？”她低声说完，两只手放到了长椅上。

萨宁捉住这双无力的、掌心向上摊开的手——将它们紧贴在自己的眼睛和嘴唇上……那一层前晚让他产生幻觉的纱帘终于升上去了！这就是它，幸福，这就是它光芒四射的容颜！

他抬起头又看了看杰玛——直视地、勇敢地。她也望着他——稍稍从上往下看他。她那双半闭的眼睛噙满晶莹而幸福的泪水，轻轻忽闪。而脸庞不是在微微笑……不是！它是在开怀地笑，一种幸福的、尽管是无声的笑。

他想将她揽在自己的怀里，但是她闪开了，脸上却并没有停止她那种无声的笑，不赞成地摇了摇头。“你别急”——她那双幸福的眼睛好像在说。

“啊，杰玛！”萨宁喊了一声，“我怎么能想得到，你（当他的嘴里第一次称呼‘你’的时候,他的心像琴弦般战栗）——你将会爱上我！”

“我自己也没想到这样。”杰玛轻声地说。

“我怎么能想到，”萨宁接着说，“我怎么能想到，途经法兰克福我本来计划停留仅仅几个小时，却在这里找到了我整个一辈子的幸福！”

“一辈子？真的吗？”杰玛问。

“一辈子，永生永世！”萨宁愈发激动地说。

突然，园丁的铁铲铲地的声音从他们坐着的长椅两步远的地方传来。

“咱们回家吧，”杰玛低声说，“咱们一起走——你愿意吗？”

假如这时候她跟他说：“跳下海——你愿意吗？”未等她说完最后一句话，他早已纵身跃进海中了。

他们俩一起走出公园，往她家走去，没有走城区街道，而是经过郊区。

28

萨宁时而与杰玛并排而行，时而稍稍靠后一点，眼睛离不开她那里，一直笑眯眯的。而她好像着急赶路……又好像是走走停停。讲真话，他们两位，他脸色苍白憔悴，她则激动得满脸绯红，只顾懵懂往前走。刚不久之前他们俩一起做的事情（即把自己的一颗心交给另一个人），如此强烈、新鲜、动人心魄；他们俩的生活如此突然地被重新定位、完全改变，以至于他们俩都无法反应和清醒过来，只是意识到他们被一股旋风突袭，就好像那一晚几乎将他们俩吹到对方怀里的旋风一样。

萨宁一边走，一边感觉到，他现在已经改变了看杰玛的方式：他忽然发觉她走路的姿势、走路的步幅中几个特别的地方——我的上帝！这些特别的地方对他来说简直太珍贵太可爱了！她也感应到了他正在这样看她。萨宁和她——都是初恋；在他们俩身上，初恋的所有奇迹都正在实现。初恋——就是一场革命：囿于生活的千篇一律又循规蹈矩的层次一刹那间被摧毁、破坏，青春韶华站在街垒上，它鲜艳的旗帜在高高飘扬，不管前方是什么在等待它——死亡或者新生——它向这一切都奉上自己最热烈的问候！

“什么？那个人好像是我们的那个老头儿？”萨宁说着，用手指了指一个浑身裹得严严实实的身影，那个身影刚急匆匆溜到一边去了，似乎极力不想被人发现。在极度的幸福之中他需要跟杰玛谈论的不是爱情——因为爱情这件神圣的事情已经定下来了——而是谈其他的事情。

“是啊，那是庞塔列奥内，”杰玛又高兴又幸福地回答道。“他也许是跑出来跟踪我的行踪；他昨天一整天都盯着我的一举一动……他猜个没完！”

“他猜个没完！”萨宁赞叹地跟着说。不管杰玛说的是什么，还有他不由衷赞叹的吗？随后，他请她详细讲述了前一天到底发生了什么。

于是她马上开始讲起来，急促、没什么条理、带着微笑、边说边短促地叹息，其间还会跟萨宁有短暂、愉快的眼神交流。她告诉他，前天谈过话之后，妈妈总想要从她身上达到那些对她有利的目的；她又如何在那一天一夜里避免跟莱诺拉太太碰面，将自己的决定告诉她；她如何为自己争取到这个宽限期——要知道这多么困难；还有克柳别尔先生如何完全出人意料地出现，比以往任何时候都更古板拘礼，衣领浆得没法更硬的那种；还有对于俄国陌生人孩子气式不可原谅的狂妄行为给他克柳别尔先生带来的深刻侮辱（他正是这样表述的），他如何表达了自己的愤怒。“他指的是你的决斗——还有他是如何要求我们立刻拒绝你再到我们家里来。‘因为’，他接着说（杰玛立刻有点讽刺地模仿起他的声音和动作），‘这给我的名誉造成了伤害；好像我不会保护自己的未婚妻似的，即便认为这是必要或有用的！整个法兰克福明天都会知道，一个毫不相干的人为了我的未婚妻跟一个军官决斗，这像什么话呢？玷污我的名誉！’妈妈同意了他的意见——你想象一下吧！——但是我当场突然宣布，他不用担心自己的名誉和脸面，不必为自己未婚妻的流言蜚语而感到受辱——因为我再也不是他的未婚妻了，并且永远也不会做他的妻子！应该承认，在彻底拒绝他之前，我本想先跟您……跟你谈谈；但他来了……而我没法忍受。妈妈甚至害怕得大喊大叫，而我去另一个房间取来了他的订婚戒指给他——你没看到，两天前我就取下那枚戒指了——退还给他。他气急了；但因为他极爱面子又妄自尊大，所以他没多说话就走了。当然，我不得不忍受妈妈很多抱怨，同时我又非常痛苦地看到，妈妈有多么失望。我还想过，我是有点操之过急；但要知道我可有你的那封信在手——就算没有信我也知道……”

“知道我爱你。”萨宁接了下句。

“对……知道你爱上我了。”

杰玛就这样凌乱地说着，一边微笑着，每次当有人冲她走过来或从她身边经过时，她就压低声音或干脆不说话。而萨宁听得非常开心，他喜欢听她的声音，就像头一天她的笔迹也令

只要他走近莱诺拉太太，她就哭声更大，冲他摆手不让他靠近。他远远地站在那里，尝试无果后，只好一连几次大声喊道："我向您女儿求婚！"莱诺拉太太对自己特别追悔莫及的事就是，"她怎么会眼瞎到这种地步——什么都没看出来！""要是我的乔万尼·巴提斯塔活着，"她两眼含着泪说，"这种事情绝不会发生！""上帝，这是怎么啦？"萨宁想，"这简直愚蠢透顶！"他自己既不敢看杰玛一眼，她也没能抬眼看他。她只顾百般隐忍地照顾母亲，尽管母亲一开始也一把将她推开……

最后，风暴总算稍稍平息了下来。莱诺拉太太不再哭了，允许杰玛将她从角落搀扶出来，在窗户跟前的沙发椅坐下，并让她给自己倒一杯香橙花泡好的水喝；允许萨宁——不是靠近……喔，不可能！——但至少可以留在房间里（之前她一直要求他离开她家），而且也没有在他说话的时候打断他。萨宁立即利用来之不易的间隙机会，表现出了令人惊奇的口才：在杰玛的面前恐怕他也很难可以如此炙热和如此令人信服地阐明自己的想法和表达自己的情感。这些情感最真挚，这些想法最纯洁，像《塞维利亚的理发师》[1]中的阿玛维瓦一样。这些想法中不利的一方面他既没有向莱诺拉太太，也没有对他本人隐瞒；但是这些不利点都只是表面上的！不错：他是一名外国人，跟他们认识时间也不长，他们对他的个性、资产情况都不

1　法国戏剧家皮埃尔·博马舍（1732—1799）于1773年创作的喜剧。

太了解；但他可以提供所有必需的文件证明，他是一位正派的人，并且也不穷；他将援引自己身边同胞提供的令人信服的证据！他希望杰玛同他在一起幸福，他可以排解她跟亲人分离的痛苦！……一提到分离——“分离”这个词——差一点将整个事情都搞砸了……莱诺拉太太一听到这就发起抖来，浑身不自在……萨宁赶紧解释，分离只是暂时的——况且，最终也许压根儿就不用分离！

萨宁的口才没有白费。莱诺拉太太开始看他，尽管仍带着痛苦和责备，但已不像先前那样防备和愤怒了；随后她允许他走过去，甚至坐到她的身边（杰玛坐在另一边）；随后她开始责怪他——不单用眼神，还用言语，这说明她的心有点软下来；她开始抱怨起来，而她的抱怨愈发小声和温柔；她轮番发问，一会儿对着杰玛，一会儿冲着萨宁；随后她同意他握住自己的手，也不用马上抽回它了……随后她又哭起来——但流的眼泪已完全不同……随后她忧郁地笑了，还惋惜乔万尼·巴提斯塔的缺席，但跟此前不同，而是另一种含义……过了一小会儿——两个罪人，萨宁和杰玛，已并排跪在她的跟前，于是她用手轮流抚摩他们俩的头；又过了一会儿——他们俩已经拥抱在一起亲吻她了，埃米尔脸上洋溢着喜悦，跑进房间，一头扑向抱成一团的人们。

庞塔列奥内看了一眼屋里的情景，微微一笑的同时又眉头微蹙，随后走进糖果店，打开了外面那扇门。

30

从悲观失望转向焦虑忧伤，再转而“默然地听天由命”，莱诺拉太太转变得非常迅速；但这种默然的听天由命很快就变为暗自得意，只是出于礼貌，才竭力掩饰和克制。从认识的头一天起，莱诺拉太太就打心眼里喜欢萨宁；当他将成为自己的女婿的想法令她习惯之后，她再也找不出这里面有什么令她特别不满意的地方，虽然脸上保持与其说是委屈不如说是关切的神情，她觉得是她的责任所在。更何况，近来发生的事情也太不一般了……一件件接踵而来！作为一个很务实的女人和一位母亲，莱诺拉太太也有责任向萨宁提出各式各样的问题，而萨宁在早上出发跟杰玛见面的时候，想都没想过娶杰玛的问题（他真的什么也没想，只是受自己的感情所驱使），此刻，他则十分乐意地，可以说是满腔热忱地进入了未婚夫的角色，对所有的询问都很乐意详尽具体地一一作答。在确认他的确是一位真正的、世袭的贵族，甚至对他还不是公爵表示了一点惊奇之后，莱诺拉太太就摆出一副郑重其事的样子，“预先提醒他”，她跟他必须完全不拘礼节、开诚布公，因为这是一位母亲的神圣职责所在！对此萨宁回答说，但愿如此，他也恳请她对他不必客套！

于是，莱诺拉太太向他指出，克柳别尔先生（说到这个名字时，她略微叹了口气，咬着嘴唇，顿了一下）——杰玛的前未婚夫克柳别尔先生，现在拥有的收入是八千盾，而且这个数目每年还会增长得很快，而他，萨宁先生的收入怎样呢？

“八——千——盾，”萨宁拖长音重复了一遍。“折合我们的钱，大约一万五千卢布左右……我的收入比这少很多。我在图拉省有个不大的庄园……如果经营得好，庄园可以有——甚至肯定有五到六千卢布……而如果我任个公职的话，拿两千俸禄是很轻松的。”

“在俄国任公职？”莱诺拉太太喊出了声，“我不就得跟杰玛分开了！”

“可以调派到外交部门工作，”萨宁接着说，“我有些关系……那样的话可以在国外上班。要不，还可以这样做——这比所有的方案都好：卖掉庄园，将所得资金投资于某个赚钱的企业，譬如，用于扩大完善您的糖果店。”

萨宁也感觉到自己说得有点不合情理，但是一种莫名的勇气占据了他！他看着杰玛，从谈话转入“实际”开始，杰玛时不时起身，在房间里踱来踱去，然后又坐下。他看了杰玛一眼，就觉得对他来说不会有任何障碍，他可以将一切都安排妥当，用最好的方式，只为了她不再担忧！

“克柳别尔先生也曾想给我一笔小钱整一整糖果店。”稍犹豫了一会儿，莱诺拉太太还是小声说出了口。

“妈妈！看在上帝的份上！妈妈！”杰玛用意大利语喊了起来。

“这种事必须预先说好，我的女儿。”莱诺拉太太也用意大利语回答她。

她又转向萨宁，开始仔细询问他俄罗斯关于婚姻有些什么法律，涉及跟天主教徒的婚姻会不会有什么障碍，像普鲁士一样？（那个时候，四十年代，整个德国对普鲁士政府与科隆大主教关于混合制婚姻的争执还记忆犹新。）当莱诺拉太太听说，只要她的女儿嫁给了一位俄罗斯贵族之后，她女儿也将自动成为贵族，她表示比较满意。

“但是，您首先必须回一趟俄国对吗？”

“为什么？”

“怎么？不需要得到你们国王的批准吗？”

萨宁于是跟她解释这完全不必……但，也许，婚礼之前他的确需要短暂回一趟俄罗斯（他说到这些话的时候——他的心痛苦地缩成一团，望着他的杰玛也看出了这一点，满脸通红，陷入了沉思），而他正好可以利用好在俄罗斯停留的机会，将庄园卖掉，带回来所需要的资金。

“我还想请您从那里给带回来一张上好的小羊羔皮做短斗篷，”莱诺拉太太说，“听说，它们非常好还非常便宜！”

“一定非常乐意给您和杰玛带来！”萨宁大声说。

“我要一顶银线缝制的山羊皮帽子。”埃米尔从隔壁房间探出头，也插了一句。

“好的，给你也带……还有给庞塔列奥内带一双鞋。”

“看吧，这是干什么？干什么呀？”莱诺拉太太说。“我们谈论正经事儿呢。但，还有什么要说呢？”务实的女士说，“您说要卖掉农庄。但是您要怎样做呢？您，也许，要将庄园的农民也一起卖掉吧？”

萨宁感觉到腰上好像被人猛扎了一下。他还记得，在跟洛泽里太太和她的女儿谈到农奴制的时候，按他的话说，这个制度激起过他极大的愤怒，他不止一次地强调，不管是为了什么，他永远都不会出卖自己的农奴，因为他认为这样的买卖是不道德的事情。

“我争取将我的庄园卖给一位我知根知底的人，”他说得吞吞吐吐，“或者，农民们可能希望赎身。”

“这样最好不过，”莱诺拉太太说，“不然的话，买卖活人就……”

“Barbari![1]”庞塔列奥内跟着埃米尔也出现在门口，晃了晃他那一撮长发，嚷了一句就闪开了。“真可恶！”萨宁暗自想，悄悄地望了一眼杰玛。她看来是没听见他最后骂的脏话。“无

1　意大利语：蛮夷、野蛮人。（原注）

所谓啦！”他转而又想。

务实的谈话以这种方式几乎一直持续到了午餐时间。莱诺拉太太在谈话结束时心情已完全平复——开始改称萨宁为德米特里，用一个手指头温和地威胁他，说要对他的阴谋诡计进行报复。她还详细询问了许多关于他们家族的情况，因为“这同样重要”；她还要求他能为她描述婚礼仪式，依照俄罗斯教堂的礼俗怎样举行婚礼，一想到杰玛身穿白色婚纱、头戴金色的花冠的样子，她忍不住提前赞叹起来。

“她可是我的美人，王后，”她带着母亲的自豪说道，“而且这样的王后举世无双！”

“天底下再没有第二个杰玛！”萨宁跟着赞叹道。

“是啊；正因为如此她才叫——杰玛！”（众所周知，意大利语中杰玛就是宝石之意。）

杰玛扑过去亲吻自己的母亲……看起来，到现在她才松了一口气——那块压得她喘不过气来的石头落了地。

而一想到就在这个房间里，萨宁不久前还曾沉湎其中的那些幻想，眼看就要实现了，实现了，他忽然感觉自己如此幸福，心里充满孩童般的快乐；他抑制不住最想做的一件事情就是马上走进糖果店；他不断想的就是无论如何都要站在柜台后面做一会儿买卖，就像几天前那样……照他的话说，“我现在完全有权这样做了！因为我已经是家里人啦！”

他还真的走到柜台后面，真的做成了一桩买卖，他卖给了无意中走进来的两位小姑娘一磅糖果，可他收了人家一磅的钱却给了整整两磅的糖果。

午餐的时候，他正式地以未婚夫的身份挨着杰玛而坐。莱诺拉太太还在想着那些务实的事情。埃米尔不时地笑一笑，缠着要萨宁带他一起回俄国。已经决定了，萨宁过两周就动身。只有庞塔列奥内一个人闷闷不乐的样子，为此甚至莱诺拉太太也埋怨他："就这还当过副手呢！"庞塔列奥内皱着眉头看了她一眼。

杰玛几乎一直都没说话，但是她的脸庞从未如此美丽和容光焕发。午饭后她把萨宁叫到小花园里去了一会儿，在前天她挑拣樱桃的那条长椅子跟前停下来，对他说：

"德米特里，别生我的气；但我再提醒你一次，你不要因此认为自己是一个被约束住的人……"

他没让她把话说完……

杰玛侧过脸。

"妈妈提到的那件事情——你还记得吗？就是关于我们信仰不同的问题，就是这！……"

她一把抓住用一根细带绳挂在她脖颈上的小石榴石十字架，用力一扯，扔掉细绳，将小十字架交给了他。

"既然我是你的，那么你的信仰——也是我的信仰！"

萨宁随杰玛返回屋里的时候，他的两眼还湿湿的。

华灯初上，一切回归常轨。他们甚至还玩了一会儿特列瑟特纸牌游戏。

31

翌日，萨宁醒得很早。他仍沉浸在人生的最高幸福里；但妨碍他睡眠的不是幸福问题；最现实、迫切的问题：怎样最快地将庄园卖掉和卖得合算，这才是让他不得安宁的问题。各式各样的想法计划在他脑子里乱作一团，但他什么也没能理清楚。他走出旅馆，吹吹风，让自己清醒一下。他要带着成熟的方案——而非别的——提交给杰玛。

这是谁呀，一个身材足够笨重，两腿粗壮，而穿戴体面，走路东摇西晃、一瘸一拐的人走在他的前面？他在哪里见过这个长满浅色头发的后脑勺、这颗简直像直接搁在肩膀上的脑袋、这个软软肥肥的后背、还有耷拉着的胖乎乎的这一双手呢？难道是波洛卓夫，那位五年不见踪影的寄宿中学老同学？萨宁赶到那个人的前面，转过身来一看……一张发黄的宽脸、一双小小的猪眼上长着发白的睫毛和眉毛、一个短小又扁平的鼻子、两片粘在一起的厚厚的嘴唇、一个圆鼓鼓的没长胡须的下巴，整张脸上露出一种酸腐的、懒洋洋的和不太相信人的表情——没错：这正是他，正是伊波利特·波洛卓夫！

“莫非是我要再次福星高照？”萨宁脑子里一闪念。

“波洛卓夫！伊波利特·西多雷奇！是你吗？”

那个人站住了，抬起一双眯缝眼儿，怔住了一会儿——最后终于张开嘴，用一副嘶哑的假声说道：

“德米特里·萨宁？”

“正是在下！”萨宁喊了一声，握住了波洛卓夫的一只手；他那双手戴着一双绷得紧紧的、烟色软皮手套，跟从前一样耷拉在鼓胀的大腿两侧。“你到这里很久了吗？从哪里来？住在哪？”

“昨天我从威斯巴登刚到，”波洛卓夫不紧不慢地回答，“给太太买点儿东西后，今天就返回威斯巴登。”

“呵，对啊！你可是已结过婚了——听说娶了一位大美女！”

波洛卓夫的眼神转向一边。

“嗯，大家都这么说。”

萨宁笑了。

“我发现，你还是那样……慢性子，还跟上中学一样。”

“我干吗要变呢？”

“我还听说，”萨宁把“听说”一词说得特别重，“说你妻子非常有钱。”

“大家也都这么说。”

“难道你自己，伊波利特·西多雷奇，连这也不知晓？”

“我，老弟，德米特里……巴甫洛维奇？嗯，巴甫洛维奇！妻子的事情我概不过问。”

“概不过问？所有的事情吗？”

波洛卓夫又把眼神挪开了。

“所有的事情，老弟。她是她……而我是我。”

“你现在到哪儿去？”萨宁问。

“现在我哪儿也不去；这不站在街上跟你聊天么；而等我跟你聊完，我就回旅店吃早餐。”

“我去陪你——好吗？”

“你说的也就是早餐，对吗？”

“对。”

“欢迎，两人一起吃开心多了。你不是话篓子吧？”

“从来不是。”

“那就好。”

波洛卓夫接着往前走，萨宁与他并排而行。萨宁还在想——波洛卓夫又一言不发，他喘着粗气，默默地一摇一摆地走着，萨宁在想：这个蠢木头用什么办法把一个又漂亮又有钱的老婆勾到手的呢？波洛卓夫自己要钱没钱、要名没名、要聪明没聪明；中学里他被公认是一个蔫了吧唧、迟钝、能吃能睡的孩子——因此还被取了一个绰号“流口水大王”。真是怪事啊！

“但是假如他妻子很有钱（听说是某个承包商的女儿），那么她不就能买下我的庄园了吗？他虽然说了不过问妻子的任何事情，但这话不能信！再加上我要的价钱是蛮不错的、有钱赚的！为何不试一下呢？也许，我头上又福星高照了……就这么定了！我得试一下！”

波洛卓夫领着萨宁到了一家法兰克福最好的旅店，当然，他开的房间也是最好的。桌子上、椅子上堆满了纸盒、小匣小箱、大包小包……“老弟，这都是给玛丽亚·尼古拉耶芙娜（伊波利特·西多雷奇的妻子）买的！”波洛卓夫一屁股坐进沙发椅，哼哼道：“这天真热！”说着就解下了领带。随后他按铃叫来了门房，仔细地点好了一顿丰盛的早餐。“一点钟把马车备好！您记着，一点整！”

门房讨好地鞠了一个躬，就唯唯诺诺地消失了。

波洛卓夫解开了坎肩扣。单凭他抬起眉头皱着鼻子气喘吁吁这一点，就看得出，对他来说说话是一件非常吃力的事情，他不无担心地猜想着，萨宁会不会强迫他转动舌头说话，或者他自己能否承担起说话这项工作？

萨宁明白自己好友的心情，所以并没有问一堆问题给他增加负担，问的只限于最重要的问题；他了解到，他当了两年公差（枪骑兵！喔嚯，他穿上短短的枪骑兵制服一定非常正！），三年前结的婚，跟妻子住在国外两年了，“她在威斯巴登看一种什么病”，再从那里去巴黎。另一方面，萨宁也没多提及自己过往的生活和未来的计划；他直入主题，也就是提到想要卖掉庄园的想法。

波洛卓夫一声不吭地听他说，只是偶尔瞅一眼门那边，因为早餐要从那里送过来。最后早餐送到了。门房还有两位服务人员一起带来了几样菜品，上面都盖着椭圆形银盖。

“你说的是图拉省的庄园吗？”波洛卓夫坐到桌后，在衬衫领口扎好餐巾，问了一句。

“是在图拉省。”

“叶弗列莫夫县……我知道的。”

“我的阿列克谢耶夫卡庄园，你知道？”萨宁坐到桌后问他。

“当然知道。”波洛卓夫往嘴里塞了一块蘑菇炒蛋。“玛丽亚·尼古拉耶芙娜，我的妻子，在那隔壁也有一个庄园……服务员，把这瓶酒打开！土质非常好——就是你庄园的农民把树都给砍了。你干吗要卖呢？”

“需要钱用，老弟。我可以便宜些卖。你要是愿意买的话……就正好。”

波洛卓夫干了一杯葡萄酒，用餐纸擦了擦嘴，又大嚼起来——慢慢地，声音很响。

“嗯好吧，”他终于说道，“我买不了庄园：没钱。把黄油推过来一点。除非是妻子买。你和她谈谈。假如你要价不高——她不会嫌弃的……这帮德国人真是蠢驴！连鱼也不会炖。还有比这更简单的事吗？还在那里高谈阔论：祖国，必须统一。门房，把这个讨厌的东西拿走！”

“真的是你的妻子自己打理……经济事务？”萨宁问。

“她自己打理。这肉饼好吃。向你推荐。我告诉过你了，德米特里·巴甫洛维奇，妻子的任何事情我都不过问，现在我再向你重复一遍。”

波洛卓夫还在吧嗒嘴。

“嗯……但是我怎么才可以跟她谈呢，伊波利特·西多雷奇？”

“这太简单不过了，德米特里·巴甫洛维奇。直接去威斯巴登不就行了。从这里去又不太远。门房，您这儿有英国芥末吗？没有？真是畜生！最好不要耽误时间。我们后天就离开了。请让我给你斟满：一杯好葡萄酒——一点儿不酸。”

波洛卓夫的脸活泼起来，满面红光；他的脸色放光，总是要么是在他吃饭的时候……要么是在他喝酒的时候。

“真是……我不知道该怎么办？”萨宁嘀咕了一句。

“到底啥事让你突然这么急？”

“绝对很急，老弟。”

“需要很大一笔钱？”

“很大。我……怎么跟你说呢？我正要……结婚。”

波洛卓夫端到嘴边的酒杯又放回到桌上。

“结婚！”他用嘶哑的——因为吃惊而嘶哑的声音问道，一边将自己一双肥手搁到肚子上，“如此火急火燎？”

“是……很急。”

“未婚妻，自然是在俄罗斯了？”

“不是，不在俄罗斯。”

“那在哪里？”

“这里，法兰克福。”

“那她是谁？”

“德国姑娘；准确地说不是——是个意大利姑娘。本地人。”

“有财产吗？”

“没有。”

“这么说，一定是非常相爱了？”

“你真是滑稽！是的，非常。”

“所以你才这么需要用钱？”

“嗯，是啊……是啊，是的。”

波洛卓夫呷了一口红酒，给自己漱了漱口，洗了手，用餐巾纸仔细地擦干净，取了一支雪茄烟点着抽起来。萨宁默默看着他。

“唯一的办法，”波洛卓夫终于开口，头往后一仰，吐出一小缕青烟，“去找我妻子。她只要愿意，两手一抬就能消除你全部的痛苦。”

“可我怎么能见到她，你的妻子？你说你们后天就离开了？”

波洛卓夫闭上了眼。

“你听我跟你说啊，”他终于开口说道，嘴里转动着雪茄，吁了口气。“赶紧先回家，麻溜地收拾好行李再回到这里。一点钟我就出发了，我这里马车很宽敞——我带上你一起走。这样是最好的。那现在我要睡一会儿。我，老弟，只要是吃过东西，就非得睡一会儿不可。身体需要，而我也不反对。所以你也不要打扰我睡觉。”

萨宁想了又想——突然抬起了头：他想好了！

“那好吧，我同意——感谢你。十二点半我到这里，然后跟你一起去威斯巴登。我希望，你妻子不会生气……”

但是波洛卓夫已经鼾声阵阵，还在嘟哝：“不要打扰我！”蹬了蹬腿就像个孩子一样地睡着了。

萨宁的目光再次扫过他笨拙的身体、他的脑袋、脖子、他高高隆起的圆鼓鼓跟个苹果似的下巴颏——就迈出旅店，快步向洛泽里家的糖果店走去。还是应当预先告诉杰玛一声。

32

他在糖果店遇上了杰玛和她母亲。莱诺拉太太正猫着腰用折尺量两扇窗户之间的距离。看见萨宁，她虽然稍有点慌乱，还是直起身来高兴地迎接他。

“听了您昨天的话，”她说道，“我脑子里的想法就一直在打转，想着如何才能让我们的商店经营得更好。这不，我想在这里摆上两个带玻璃推拉门的小柜台。您知道吗，这个现在很时髦。然后呢，还有……”

“好极了，好极了，”萨宁打断她，“将来这都应该考虑……但是请到这里来，我和你们说点儿事。”

他拉起莱诺拉太太和杰玛的手走到另一间屋里。莱诺拉太太担心起来，折尺从手上都掉到地上去了。杰玛也一样担忧，但仔细盯着萨宁一看，又放心了。诚然，他的脸上不无担心，但同时露出的神情又是那样坚毅和充满激情。

他请两位女士坐下，他自己站在她们跟前——手一挥，把头发都弄乱了，这才把情况跟她们一一道来：如何跟波洛卓夫会面，对方如何邀请他一起赴威斯巴登，如何有可能将庄园卖掉。

“想想我有多幸运，”他终于喊出来，“事情出现这样的转机，也许我根本就不用回一趟俄罗斯了！而且婚礼可以比我预料的更快举行！”

“你们何时动身？”杰玛问。

“今天就走——再过一小时；我的好友租好了马车——他载我一道。”

“您会给我们写信吗？”

“一定！跟这位女士一谈好，我立即写信来。”

“您说的这位女士，非常有钱？”务实的莱诺拉太太问道。

“不是一般的有钱！她父亲曾是一位百万富翁——遗产全部留给了她。”

“全部——给她一个人？哦，这真是您的幸运。只是当心别把您的庄园贱卖了！请保持理智和坚定。别受人指使蛊惑！我理解您想尽快成为杰玛丈夫的心情……但小心驶得万年船！别忘记：庄园卖得越贵，你们俩还有你们的孩子得到的就越多。”

杰玛转到了旁边，萨宁又挥了一下手。

“关于我的小心谨慎，您可以放心，莱诺拉太太！我不会跟她讨价还价。我给她一个实价：她成交，那好；不成交，拉倒！”

“您跟她认识吗……跟这位女士？”杰玛问。

“我跟她从未谋面。”

“那您何时返回？”

“如果交易不成，后天；如果交易进展顺利，也许就要多待一两天。无论如何，我不会耽搁一分钟。因为我的心都在这里！但我只顾跟你们说话了，我出发前还得跑回旅店一趟……把手伸过来祝福我吧，莱诺拉太太——在我们俄罗斯都这样做。”

“右手还是左手？”

“左手——离心更近。后天回来——要么载誉归来，要么铩羽而归！但有个什么声音正对我说：我将得胜而回！再见，我的好人，我的爱人……”

他拥抱并吻别了莱诺拉太太，而让杰玛跟他走进另一个房间——单独待一会儿，因为他要跟她说点儿重要的事情。他其实就是想单独跟她告别。莱诺拉太太明白这个——所以也没寻根问底打听到底是什么重要的事情……

萨宁从没踏进过杰玛的闺房。爱的所有魅力、全部火焰、还有欢愉与甜蜜的慌乱——在一跨进他朝思暮想的门槛的一刹那，全都在他心底被点燃和熊熊燃烧起来……他满怀深情地环顾四周，一下子拜倒在心仪姑娘的脚下，他的脸紧贴到她身上……

“你是我的，对吗？”她喃喃地说，“你很快就回来吗？”

“我是你的……我一定回来。”他深吸一口气反复地说。

“我会等你，我亲爱的！”

过了一会儿，萨宁已在街上飞奔向自己的旅店。他甚至没发现，从糖果店门里跟在他后面一路跑出来的还有一头乱发的庞塔列奥内——他冲他喊着什么，摇摇晃晃，似乎是用那只高高举起的手在警告他什么。

十二点三刻整，萨宁准时向波洛卓夫报到。一辆四乘马车已停在他旅店门口。看到萨宁，波洛卓夫只说了一句："啊！你可想好了？"就戴上帽子、穿上大衣、套好了雨鞋，往自己的耳朵塞上棉花，走上台阶，尽管时值夏季。按照他的吩咐，旅店服务员已经将他那些数量繁多的购物袋搬进了车厢，在他的座位及周围放好了丝绸靠枕、大包小包、布包袱，脚边那里搁好一筐子食品，一只行李箱在马车夫那边绑好。波洛卓夫付小费的时候出手大方——波洛卓夫被乐于效劳的看门人从后面客客气气地搀扶着，呼哧带喘地爬进车厢坐下来，再把周围塞得舒舒服服之后，抽出一支雪茄点着抽了起来——直到这时候才用手指头示意萨宁：你也坐进来吧！萨宁跟他并排坐好。波洛卓夫让酒店门童告诉前面赶马车的，要想有喝酒的赏钱，就得好好赶车；脚踏板咯吱响起来，车门砰的一声关上，马车出发了。

33

从法兰克福到威斯巴登，现在坐火车不到一小时车程；但那个时候，特快邮车也得花三个小时才行。马匹一路还要更换五次。波洛卓夫嘴里衔着雪茄，不知道是在打盹，还是只是随车摇晃。他很少说话；一次都没有往车外眺望：看风景不是他感兴趣的。他甚至宣称，他最烦大自然。萨宁也不说话，也无心赏景：他顾不上。他全身心都沉浸在思考和回忆之中。每个驿站波洛卓夫都把账付得清清楚楚，他对着表看时间，根据马车夫们的表现多多少少都有小费给。半路上他从食品篮拿出两个橙子，好的自己留下，另一个递给萨宁。萨宁盯着看了一眼同伴，突然哈哈大笑起来。

“你笑什么？”他一边使劲儿地用白指甲抠着橙子皮，一边问他。

“笑什么？”萨宁跟着说，“笑我和你的这趟旅行。”

“到底是什么呢？”波洛卓夫又问，一边将掰下来的一瓣橙子塞进嘴里。

“太奇怪了。昨天，必须承认，我根本很少想起你来，就好像想中国皇帝那样少，而今天呢，我却跟你一起坐车要把我家庄园卖给你妻子，而对于你妻子的了解却少之又少。”

“少见多怪，”波洛卓夫回答，“你再过多几年，就什么都见得多了。比方说，你能想象我被推荐做勤务兵吗？而我真申请了；并且米哈伊尔·巴甫洛维奇大公爵命令我：‘你这个胖子骑兵中尉跑快点，跑快点！再跑快点！’”

萨宁挠了挠耳根。

“请告诉我，伊波利特·西多雷奇，你的妻子是个怎样的人？她脾气如何？要知道我得知道这些。”

“他下个命令倒不错：‘跑快点！’”波洛卓夫忽然忿忿不平地说，“而我呢……我可惨了。我就想了：您自个儿收起您那些军衔和肩章——让它们见鬼去吧！嗯……你问妻子，对吗？什么——妻子嘛？跟大家一样的人。她可不好惹——她不喜欢别人惹她。主要的是，多讲点……能让她发笑的事情。讲讲自己的恋爱什么的……就是比较有趣的，你知道。”

“怎么比较有趣？”

“就这样吧。你可告诉我了，你谈恋爱了，准备结婚。那你就讲讲这个不就行了。”

萨宁气得受不了啦。

“这其中有什么可笑的吗？”

波洛卓夫只是眼神瞥了一下。橙子汁流到他下巴上了。

"是你妻子派你到法兰克福购物的吧？"过了一会儿萨宁问他。

"正是她。"

"都买了些什么呢？"

"当然是些小玩意儿。"

"小玩意儿？你们有孩子吗？"

波洛卓夫甚至从萨宁边上挪开了一点。

"嗨！我要哪门子的孩子呀？都是些女人家的小摆设[1]……打扮用的。还有洗漱用品。"

"难道你精通此道？"

"精通。"

"那你怎么对我说，妻子的事情你都不管？"

"其他的事情不管。而这个……无所谓。可以解解闷。再说妻子信任我的鉴赏力。我还特别会砍价。"

波洛卓夫说话已经有点不利索了；他已累了。

"你的妻子是很有钱了？"

"有钱归有钱。不过多是她自己的。"

"不过，看来，你也没什么好抱怨的啦？"

"再怎么说我是丈夫。我还不能也花点儿钱吗！而且我对她是个有用的人！她跟了我，走运！我没什么不合适她的！"

1 法语"colifichet"一词，小饰物、小摆设之意。（原注）

波洛卓夫用软绸手绢擦了擦脸，重重地吁了口气，好像是说：“饶了我吧；不要让我再讲话了。你都看到了，我说话太费力气啦。”

萨宁没再打扰他——重新陷入了沉思。

威斯巴登那一家宾馆简直像宫殿一样豪华，马车就停在了宾馆门口。四处立刻铃声大作，一片忙忙碌碌的景象；身着黑色礼服、仪表堂堂的服务人员都挤到宾馆主入口迎候；制服上绣着金色饰物的看门人大手一挥打开了马车车门。

波洛卓夫像一个凯旋者般走出车厢，沿着铺着地毯、扑了香水的楼梯缓缓上楼。有一位同样打扮得有模有样的人朝他飞奔过来，这人长着一张俄罗斯人的脸，是他的贴身仆人。波洛卓夫跟他说，从今往后不管到哪里都让他跟在身边，因为，头一天晚上，在法兰克福旅馆里整整一晚都没有人给他端一杯温开水！贴身仆人现出一脸恐怖的神情，立马弯下腰，帮老爷脱下了雨套鞋。

“玛丽亚·尼古拉耶芙娜在家吗？”波洛卓夫问。

“在家，老爷。在换衣服。要去拉松斯卡娅伯爵夫人家吃午饭。”

“啊！去这位夫人家！……等等！东西还在车厢那里，你亲自去拿，都拿过来。而你呢，德米特里·巴甫洛维奇，”波洛卓夫接着说，“给自己开间房，过三刻钟之后到这里来。我们一起用午膳。”

波洛卓夫继续慢慢往前走，而萨宁给自己订了一间普通房，梳洗好了再稍事休息后，就前往冯·波洛卓夫公爵殿下（Durchlaucht）下榻的那间豪华套房去了。

他去的时候正好赶上这位“公爵”端坐在最最豪华的客厅中间一把奢华无比的天鹅绒沙发椅上面。萨宁生性冷淡的好友这时已冲好了澡，穿上了一件非常昂贵的缎面居家长衫；头上戴了一顶紫红色菲斯卡圆形小帽。萨宁走到他跟前，端详了一会儿。波洛卓夫木偶一般坐着一动不动；甚至都没朝他这边转过来，眉毛也没抬一下，一声都不吭。这景致的确庄严！萨宁欣赏了一两分钟，正想开口，打破这神圣的沉寂——突然隔壁房间的房门打开了，门口出现了一位年轻貌美的太太，身穿一件镶着黑色绦带的白色丝绸连衣长裙，手腕和脖颈上都戴着钻石——这就是玛丽亚·尼古拉耶芙娜·波洛卓娃。她那浓密的淡褐色头发垂在头的两边——虽然头发编成了一束束，但并没有盘起来。

34

“哎呀，对不起！”她带着半难为情半嘲弄的微笑说，迅速地用手握住一小绺头发稍儿，一双浅色发亮的大眼睛凝视着萨宁。“没承想您已经到了。”

“萨宁，德米特里·巴甫洛维奇，我的发小。”波洛卓夫说的时候，跟先前一样没有转向他，也没有起身，但是用手指头冲他示意了一下。

“是的……知道了……你刚已经跟我讲过了。认识您很高兴。但我想请你帮个忙，伊波利特·西多雷奇……我的侍女今天不知怎地有点儿头脑发昏……”

“帮你梳头吗？”

“对，对，劳驾。请原谅。”玛丽亚·尼古拉耶芙娜带着刚才那样的微笑反复说，一边冲萨宁点头致歉，迅速转过身去，消失在门后边，她那迷人的脖颈、优雅的双肩、惊艳的身材给人留下了虽转瞬即逝却匀称姣好的印象。

波洛卓夫站起身，步履沉沉一摇一晃地，走进了同一扇门。

萨宁一刻都没有怀疑过，作为女主人，她对他就在波洛卓夫公爵客厅里这件事非常清楚；这出戏的意义就在于展示一下她的头发有多漂亮。萨宁私底下甚至对波洛卓夫夫人的异常举止感到高兴，他想的是：既然想让我大吃一惊，在我面前卖弄——很可能，谁知道呢？在庄园的售价方面就会给些灵活让步。他的心被杰玛填得满满当当，所有其他女人对他而言没有任何意义：他无视她们；而这一次他也仅仅是在心里想："是啊，他们跟我没说假话：这位小姐的确非常美！"

假如他并非处于此种非常规的心理状态的话，他很可能有另一番表述：娘家姓科雷什金娜的玛丽亚·尼古拉耶芙娜·波洛卓娃，的确是一位非常出色的女人。当然，她也不是绝色佳人：在她身上甚至还留有平民出身的许多印迹。她的颧骨低，鼻子稍显肥且上翘；无论皮肤的细腻还是手脚的纤巧她都无法自夸——但这又能说明什么呢？无论谁遇见她都会驻足，并非面对普希金所言的"美之瑰宝"驻足不前，而是面对强大的、说不上是俄罗斯人还是茨冈人的像鲜花一样盛开的女人躯体的魅力之时……谁都会有意地驻足不前！

但是杰玛的形象，如同诗人们咏唱的那样，仿佛三层铠甲护佑着萨宁。

大约十分钟后，玛丽亚·尼古拉耶芙娜在自己丈夫的陪同下再次亮相。她向萨宁走过来……而她的步态如此迷人，要在过去，唉，遥远的过去——有些怪人们一见到就会为之疯狂。"这样的女人走到你跟前，就定能为你带来你一生中所有的幸福”，有一位怪人就曾经这样说。她向萨宁走过去，一只手伸向他，一边用俄语以她亲昵又似乎矜持的声音说道：“您会等我回来，对吗？我很快就回来。”

萨宁恭恭敬敬地躬身行礼，而玛丽亚·尼古拉耶芙娜已消失在厚门帘后面了——消失之前，她又转过头来，又微微一笑，又在身后留下先前一样的令人难以忘怀的印象。

她微笑时，她两边脸颊上显出的不是一个、也不是两个，而是整整三个小酒窝，还有她的眼睛比她的嘴唇笑得更多一些，她的嘴唇鲜红、细长、甜美，左边长有两颗小痣。

波洛卓夫窝进了房间，又在沙发椅中坐了下来。跟先前一样一声不吭；但是一阵奇怪的讥笑却时不时地使他那毫无血色和已经起了皱纹的腮帮子鼓了起来。

尽管只比萨宁大三岁，可他已尽显老态。

他款待自己客人的午餐，自然，就算最挑剔的客人也会满足，但萨宁却感到没完没了、难以忍受！波洛卓夫慢慢地吃着，带着情感、很懂行、张弛有度，对待每一道菜都很认真，几乎每一块肉都要去嗅一下；先是用红葡萄酒漱了漱嘴，随后就狼吞虎咽起来，嘴巴吧嗒吧嗒地响。而上烤肉的时候他突然打开了话匣子——但谈的是什么呢？谈的是计划购买整整一群美利奴绵羊，说得那么详细，那么温柔，用的词都是小称、昵称。喝完一杯烫得跟开水一样的热咖啡（他几次带着哭腔忿忿地提醒门房说，头一晚给他端来的咖啡是凉的，凉得跟冰一样！）之后，用那发黄又不整齐的牙咬着一根哈瓦那雪茄，他就按照自己的习惯打起盹来。这让萨宁万分高兴，他开始用很轻的脚步在铺着地毯的房间踱过来踱过去，幻想着怎样跟杰玛一起生活，还有他会给她带回怎样的消息。可这时波洛卓夫醒了，照他自己的说法，比平时早一些，他总共也就睡了一个半小时，又喝了一杯加冰的泽里捷尔牌纯净水，吃了七八勺俄罗斯果酱，是仆人用深绿色的、地道的“基辅”罐头盒盛着专门给他带来的，照他的说法，没有这种果酱他就没法活——他用肿胀的双眼盯着萨宁问他，想不想跟他玩一会儿“傻瓜”扑克游戏。萨宁欣然同意；他怕波洛卓夫谈起那些小羊羔、小母羊、肥肥的小羊尾巴就又说个没完没了。主客俩移步客厅，门房送来纸牌——游戏开始了，当然，不赌钱的那种。

从拉松斯卡娅伯爵夫人家回来的玛丽亚·尼古拉耶芙娜正好遇上他们俩在玩这种健康游戏。

她一走进客厅，看到扑克牌和摆好的呢面折叠式牌桌，就大声地笑起来。萨宁从座位上跳了起来，但是她高声说道：“坐着玩吧。我换好衣服马上就来找你们。”说完就不见了，只留下长裙拖地的窸窣声，还有边走边摘下手套的声音。

她真的很快就回来了。取代她一身盛装晚礼服的是一件宽大的雪青色丝质衬衫，敞开的袖子垂着，一条麻花状的粗带子束在腰间。她坐到丈夫跟前，直等到他输牌当了“傻瓜”时，就对他说：“好啦，小胖墩儿，玩够了！”（听到“小胖墩儿”一词萨宁诧异地看了她一眼，而她高兴地笑了，回了他一个眼神，脸颊上露出了所有的酒窝）——“玩够了；我看见你想去睡觉了；吻一下我的手就去吧；而我和萨宁先生要单独谈谈。”

“我不想睡觉，”波洛卓夫小声说，一边从沙发椅吃力地站起身，“吻完手，我这就走。”她把自己的手掌递过去，不住地微笑并看着萨宁。

波洛卓夫也看了他一眼，没跟他道晚安就走了。

“好了，请谈谈吧，谈谈吧，”玛丽亚·尼古拉耶芙娜兴致很高地说道，一边将两只裸露的胳膊肘同时往桌上一搁，用一只手的指甲着急地敲击另一只手的指甲。“是真的吗，听说，您要结婚了？”

说完，玛丽亚·尼古拉耶芙娜甚至把头往旁边一歪，只为能更专心、更敏锐地凝视萨宁的眼睛。

35

假如他萨宁并没有在波洛卓夫太太这种毫不拘泥与狎昵的举止中看到他这桩买卖有何好征兆的话，至少起初他会因为受到她此种待遇而感到难为情——尽管他并非初出茅庐，早已在江湖上行走。“姑且就别计较这位有钱太太的任性胡为吧。”他暗自打定主意，于是也像她追问他那样毫不拘泥地回答道：“嗯，我要结婚了。”

“跟谁？外国姑娘吗？”

“是的。”

“你们认识没太久吧？在法兰克福吗？”

“正是。”

“那她是个什么样的人？可以打听一下吗？”

“可以。她是一位糖果商的女儿。”

玛丽亚·尼古拉耶芙娜瞪大了眼睛，眉毛都竖了起来。

“这可太妙了，”她慢条斯理地说，“太神奇了！我还以为，这世界上像您这样的年轻人再也遇不上了。糖果商的女儿！”

“这事，依我看，让您吃惊了，”萨宁不无自尊地说，“但，首先，我完全没有那些偏见……”

“首先，这一点儿都没让我吃惊，”玛丽亚·尼古拉耶芙娜打断他的话说，“偏见我也没有。我自己就是个农民的女儿。啊？这是说什么呢？我吃惊和高兴的是，眼前有人不害怕去爱。要知道您爱她对吗？”

“是。”

“她长得很美吧？”

萨宁被最后这一个问题有点问急眼了……可已别无退路。

“您知道，玛丽亚·尼古拉耶芙娜，”他说道，“情人眼里出西施；但我的未婚妻——是一位真正的美人。”

“真的吗？哪种类型的？意大利式的？罗马式的？”

“真的，她五官非常端正。”

“您随身有她的画像么？”

“没有。”（那时候还没人见过照片。银版摄影才刚开始传播。）

“她叫什么名字？”

“她的名字叫杰玛。”

“您的呢——名字？”

“德米特里。”

“父称是？”

“巴甫洛维奇。”

“您知道吗，”玛丽亚·尼古拉耶芙娜仍旧慢条斯理地说，“我很喜欢您，德米特里·巴甫洛维奇。您看起来人不错。请把您的手给我吧。咱们做个朋友。”

她用她那漂亮、白皙、有力的手指紧紧地握了一下他的手。她的手比他的手小一号——但更温暖、光滑、柔软和灵活。

“您可知道我在想什么吗？”

“想什么？”

“您不会生气吧？不会？她，照您说，是您的未婚妻。但难道……难道必须只能是这样？”

萨宁眉头一皱。

“我没听懂您的意思。玛丽亚·尼古拉耶芙娜。”

玛丽亚·尼古拉耶芙娜微微一笑，把头一甩，将垂到她脸上的头发甩到脑后边。

“可以断定——他很可爱，”不知道她是若有所思抑或漫不经心，“是位骑士！这之后谁还敢相信那些矢口咬定理想主义者全都已绝迹的人呢！”

玛丽亚·尼古拉耶芙娜始终说俄语，而且是很地道的莫斯科口音——大众化的，而非贵族派头的。

“您，大概，是在一个老派的严守宗教礼仪的家庭长大的吧？”她问，“您是哪个省的？”

“图拉省。”

“这么说，咱们是老乡了。我父亲……您已知道我父亲是谁了？”

“是的，知道。”

“他生在图拉……是图拉人。嗯，好啦……（玛丽亚·尼古拉耶芙娜说‘好’这个词的俄语音‘哈罗绍’的时候故意发成了很市井土气的音‘赫尔绍’）那我们现在就言归正传吧。”

“您是说……怎么才算是言归正传呢？您要说什么呀？”

玛丽亚·尼古拉耶芙娜眯起了眼睛。

“那您来这里是为了什么？（当她眯起眼睛时，表情变得非常可爱甚至有点滑稽可笑；当她睁大眼睛时，在那亮晶晶的、几乎是冰冷的眼神里流露出某种不好的……某种威胁的光泽。她那两道眉毛，浓密的、微微蹙拧的、有真正水貂皮般色泽的眉毛赋予了她那双眼睛特别的美。）您是想我买下您的庄园，对吧？您因为结婚急需一笔钱吧？是这样吗？”

“是，急需。”

“而且您需要很大一笔钱？”

“一开始我希望是几千法郎的。您先生知道我庄园的情况。您可以跟他商量，而我要的价格也不高。”

玛丽亚·尼古拉耶芙娜左右摇了摇头。

“首先，”她一字一顿地说，一边用手指头敲打萨宁礼服的袖口，“我没有跟丈夫商量的习惯，只除了梳妆打扮洗漱用品之外——那方面他比我在行；其次，您为何说您要价并不高？我并不想利用您目前处在热恋中愿意付出任何牺牲这一点……我不要您做出任何牺牲。怎样呢？不但不鼓励您……嗯，怎么表达更好呢？不但不赞扬崇高的感情，对吧？反而将您洗劫一空？这不是我的习惯作风。有时候，我对人是不客气的——但不是用这种手段。”

萨宁怎么也闹不明白，她是不是在嘲笑他或者她说的是不是玩笑？他暗自在想："喔，跟你打交道，我可得提防着点！”

仆人端着一个大托盘进屋，送来了俄罗斯大茶壶、茶具、奶皮奶油、面包干等等，将它们在萨宁和波罗卓夫太太中间一一摆好就走了。

她给他倒了一杯茶。

“您不会厌恶吧？”她问，一边用手指拿了一块方糖放进茶杯……而糖镊子就在手边。

“您说哪里去了！……劳您如此美丽的手……”

没等他把话说完，吞下的那口茶差一点呛着了他，而她用一双凝神、明亮的眼睛望着他。

“我之所以说我的庄园价格不高，”他继续说道，“是因为您现在人在国外，我不能指望您手头有很多余钱，还有，最后我自己也觉得，在目前情形下出售……或者购买庄园都有点不太正常，我必须将这些都考虑在内。”

萨宁愈说愈糊涂，自相矛盾，而玛丽亚·尼古拉耶芙娜轻轻往沙发椅后背一靠，双手交叉，依然还是用那种专注、明亮的眼神看了他一眼。他最后打住了。

“没什么，请讲，请讲，”她好像鼓励似地对他说，“我听着呢——我很喜欢听您说话，说吧。”

萨宁就开始详细描述起自己庄园的情况，有多少俄亩[1]，地址在哪，里面有哪些可用于生产经营的土地以及从中有多少收益……甚至还讲到了庄园所处的地方风景非常漂亮；而玛丽亚·尼古拉耶芙娜就始终望着他，她的目光越来越发亮，越来越聚精会神，她嘴唇微微翕动，而没有笑：她不时咬着嘴唇。他最后都不好意思起来，他又一次沉默了。

“德米特里·巴甫洛维奇，”玛丽亚·尼古拉耶芙娜刚要说又思索了一下，“德米特里·巴甫洛维奇，”她接着又说，“您知道吧：我相信购买您的庄园是一桩对于我来说十分划算的买卖，咱们一定会达成一致的；但是您得给我……两天——对，两天期限。您能忍受跟您的未婚妻分开两天不见吗？再长时间我也不耽搁您，让您不高兴，我向您保证。但是，假如您现在就需要五六千法郎，我非常乐意借您这笔钱——到时候咱们再结算。”

萨宁起身站了起来。

“我应该感谢您，玛丽亚·尼古拉耶芙娜，谢谢您给予一位素昧平生的人慷慨周到的帮助……但要是您觉得一定要这样才更好的话，我认为还是留下来等到您对是否购买我的庄园作出决定比较好——我在这里多留两天。”

1　1俄亩等于1.09公顷。

“是的，对我这样比较好，德米特里·巴甫洛维奇。这样对您很困难吗？是否很困难？请告诉我。”

“我爱自己的未婚妻，玛丽亚·尼古拉耶芙娜，所以跟她分开我心里并不好受。”

“啊，您是个金子般的人！”玛丽亚·尼古拉耶芙娜低声赞叹道。“我保证不会让您太难受。您要走了吗？”

“已经不早了。”萨宁说。

“您应该好好休息，一路旅途劳累——跟我丈夫又玩了‘傻瓜’纸牌游戏。您告诉我：您是伊波利特·西多雷奇、也就是我丈夫的老朋友吗？”

“我们同在一家寄宿中学读书。”

“那他那个时候就这样吗？”

“什么叫‘就这样’？”萨宁问。

玛丽亚·尼古拉耶芙娜忽然笑了起来，笑得满脸绯红，用手绢掩住嘴，从沙发椅上站起身，好像很疲倦的样子，一摇一晃地走到萨宁跟前，一只手向他伸过去。

他鞠躬行礼后，就向门口走去。

“请您明天早点儿过来，听见了吗？”她在他身后喊了一声。

他快走出房间的时候，回头瞅了一眼，看到她又坐回沙发椅里，两只手往脑后一枕。宽大的袖子几乎滑落到了肩膀的位置——不得不承认的是，她两只胳膊的姿势，还有她的整个身材简直令人神魂颠倒。

36

萨宁房间的灯一直到半夜都没有熄灭。他坐在桌子跟前给“自己的杰玛”写信。跟她讲述一切；描述了波洛卓夫夫妇——同时，倾诉最多的还是自己的感情——信的结尾约定过三天就能再见面了！！！（加了三个惊叹号。）一大清早他就把信送到了邮局，然后再走到库尔高斯公园散步，那里乐曲已奏响了。游人还不多；他在有乐队的亭子那里停留了一会儿，听了一段歌剧《恶魔罗勃》[1]的集成曲，又喝了一杯咖啡，走到公园旁边一条幽静的林阴小径，在一条长椅上坐下——沉思起来。

不知道是谁用一把伞柄急促地——还相当用力地——敲打他的肩膀。他吓得一激灵……一位身穿浅绿色巴勒吉[2]轻纱连衣裙，头戴白色的网状花边小帽，手上戴瑞典手套，脸色像夏

1 德国作曲家贾科莫·梅耶贝尔（1791—1864）创作的五幕歌剧，1831年在巴黎首演。

2 来自法语“Berege”，法国地名，因生产优质充气、轻纱布料而闻名，后来这种布料就被命名为巴勒吉。

季的清晨一样红润又鲜艳，但步履和眼光中还未褪去睡足后的满足感的女人站在了他的跟前，原来是玛丽亚·尼古拉耶芙娜。

“您好！”她说，“今天我到您那里去找您，但是您已经出门了。我刚喝完我的第二杯——如您所知，人家硬让我在这里喝这种水，上帝知道为什么……好像我的身体不太健康似的。眼下我必须得散步一小时。希望您可以陪我。然后咱们再喝一杯咖啡。”

“咖啡我喝过了，”萨宁起身回答，“但是我很高兴陪您散步。”

“那您就请把手给我……别害怕：您未婚妻不在这——她看不见您的。”

萨宁笑得不太自然。每一回，只要玛丽亚·尼古拉耶芙娜提到杰玛，他都有一种不太舒服的感觉。可他还是急忙并顺从地鞠了一躬……玛丽亚·尼古拉耶芙娜的手缓缓地、柔柔地放到了他的手上，轻轻一滑，就贴住了他的手。

“咱们走吧——走这边，”她对他说，一边将撑开的伞往肩后一靠，“我对这里的公园跟家里一样熟悉：我带您走几个好地方。您知道吗（她经常喜欢用这句话），咱们暂时先不谈这桩买卖；后天我们再好好聊一聊它；而您现在跟我说说您自己吧……也好让我知道，我在跟谁打交道。然后呢，如果您愿意，我再跟您讲讲我自己。同意吗？”

“可是，玛丽亚·尼古拉耶芙娜，什么是您感兴趣的呢……”

“等一等，等一等。您没明白我的意思。我不是想跟您卖弄风情。”玛丽亚·尼古拉耶芙娜耸了耸肩，“他已有了一位古代雕像般的未婚妻，而我还将跟他卖俏？！但是您有货要出售——而买家是我。所以我得知道，您的货怎么样。好呀，货怎样——拿出来看看？我不仅要知道我要买的是什么，还要知道我跟谁买。这是我父亲的生意规则。您看，请开始吧……好吧，就算您不从童年讲起，对了——您出国很久了吗？此前您一直住在哪里？请您走慢一点——咱们又不赶路。”

“我从意大利过来的，而在意大利我待了几个月。”

“那您，似乎，对意大利的一切都感兴趣？您没在那里给自己找一位爱人有点儿奇怪。您喜欢文化艺术对吗？油画吗？还是更喜欢音乐？”

“我喜欢艺术……一切美好的东西我都喜欢。”

“也包括音乐？”

“音乐也喜欢。”

“而我完全不喜欢音乐。我只喜欢俄罗斯歌曲——有时在乡下，春天到来的时候——跳舞的时候，您知道吗……红衣服，翡翠头饰，绿草茵茵，炊烟袅袅……太美了！但别谈我。请您说吧，讲讲自己。”

玛丽亚·尼古拉耶芙娜一边走，一边时不时扭头望着萨宁。她的个子高挑——她的脸部几乎够到了与他的脸平齐。

他开始了讲述——一开始不太情愿，讲得不好，而随后谈兴一开便谈得甚至一发不可收拾了。玛丽亚·尼古拉耶芙娜善解人意地听着；加之她自己就给人如此坦率的印象，因而不自觉地使得别人也一样开诚布公。她具有枢机主教列特茨[1]提到的那种“交际”——Le terrible don de la familiarité[2]——的可怕天赋。萨宁讲到了自己的旅行，讲到了在彼得堡的青年生活……假如玛丽亚·尼古拉耶芙娜是一位城府很深的上流社会名媛——他可能永远都不会如此任性妄为；但是她自称是不拘礼节的好好人一个；她正是这样跟萨宁自我介绍的。而与此同时，这个“好好人”跟他并排走，脚步跟猫儿一样轻巧，身体微微倚靠着他，不时扭过来看他的脸；“好好人”跟他并排走，又是一个年轻女人的形象，浑身都散发出好奇又折磨人、温柔又热烈的诱惑力，只有那些非纯正血统、并且血统经过适当混合的斯拉夫女性尤物，才擅长用这样的引诱让我们这一位有原罪、软弱的男人老弟神魂颠倒！

萨宁和玛丽亚·尼古拉耶芙娜的散步，萨宁和玛丽亚·尼古拉耶芙娜的交谈，一共持续了一个多小时。中间他们一次都没有停下过脚步——两人沿着公园望不到头的林阴小径走啊走，一会儿登上山冈欣赏周遭的风景，一会儿又下到谷地隐身于浓密的树荫——一直都是手挽着手。萨宁有些时候甚至都觉得很遗憾，他和自己亲爱的杰玛也从未如此长时间地一起散

1　枢机主教列特茨（1613—1679），法国投石党运动著名活动家。

2　法语：可怕的交际天赋。

步……而眼下这位阔太太却霸占着他——真够呛了！

“您累不累？”他不止一次地问她。

“我从不累的。”她答道。

有时候他们也会碰到一些散步的游人；几乎一律向她鞠躬致意——一些是尊敬，另一些简直是献媚。其中有一位着实漂亮英俊、衣着讲究的黑发男子，她老远就用地道的巴黎口音冲他喊道：“Comte, vous savez, il ne faut pas venir me voir–ni aujourd'hui, ni demain.[1]”那位就一声不吭摘了礼帽，深深地鞠一躬。

“这人是谁？”萨宁问道，他也改不了所有俄罗斯人特有的“好奇”的坏毛病。

“这位？一个法国人——这里他们这样的人转来转去的不要太多……对我——也大献殷勤。但喝咖啡的时间到了。咱们回家吧；您大概也饿了吧。我那当家的兴许现在能揭开眼皮了吧。”

“当家的！揭开眼皮！”萨宁暗自学着说了一遍……“法语又讲得这么好……真是奇人一枚！”

玛丽亚·尼古拉耶芙娜猜得一点儿没错。当她和萨宁一起回到酒店时，“当家的”，亦或“小胖墩儿”，头上还是戴着那顶菲斯卡小帽，已端坐在摆好的餐桌前了。

“终于让我等到你回来了！”他大声说，一边扮了一个鬼脸，

1 法语：记着，伯爵，今天和明天——都不要到我那儿去。（原注）

“都想着不等你喝咖啡了。”

“好啦，好啦，”玛丽亚·尼古拉耶芙娜愉快地说，“你生气了吗？这对你有益：要不你就完全僵化了。我还把客人带来了。快按铃！喝咖啡、咖啡——最好的咖啡——用萨克森咖啡杯，再垫上雪白的餐巾！”

她摘掉帽子、手套——两手一拍。

波洛卓夫皱着眉头瞥了她一眼。

“今天您怎么散步这样尽兴，玛丽亚·尼古拉耶芙娜？”他压低声音问道。

“这跟您无关，伊波利特·西多雷奇！按铃！德米特里·巴甫洛维奇，请坐——您再喝一回咖啡吧！啊，发号施令真是开心！世上再没有比这更开心的了。”

“得有人服从才算。”丈夫又插了一句。

“正是，得有人听话才行！我也正因为如此才能开心。特别是跟你在一起时。不是吗，小胖墩儿？瞧，咖啡来了。”

服务生端着一个硕大的托盘进来了，托盘里还有一张剧院的海报。玛丽亚·尼古拉耶芙娜一把将海报抓在手里。

“戏剧！”她忿忿不平地说，“德国戏剧。反正都一样，比德国喜剧强一点。叫人给我订一个包厢——一楼两侧的包厢——或者，不……最好是 Fremden-Loge[1]，”她跟服务生说，

1 德语：外宾包厢。下同。（原注）

“听见了吧：必须是 Fremden-Loge！”

“但假如 Fremden-Loge 已被市长大人（seine Excellenz der Herr Stadt-Director）优先预定了呢？”服务生大着胆子禀报。

“那就给大人十块三马克银币，一定要把包厢订好！听见了！”

服务生顺从又带着一脸忧郁地点点头。

“德米特里·巴甫洛维奇，您跟我一起去看戏吗？德国演员太糟糕，但是您会去的……是吧？是的！您太好了！小胖墩儿，而你不会去吧？”

“听你吩咐。”波洛卓夫对着刚端到嘴边的咖啡杯回答。

“你知道吗：留在家里吧。你在戏院总是睡觉——再说你的德语又不太好。你最好干什么呢，给管家写一封信吧——你记得的，关于我们那个磨坊……关于农民磨面的事。告诉他，我不同意，不同意，就是不同意！这样你整个晚上就有事儿做了。”

“遵命。”波洛卓夫回答。

“嗯，这样就太好了。你真聪明。那现在呢，既然刚好谈到了管家，我们就谈谈我们主要的正事吧。等服务生收拾好桌子，您就跟我们说说，德米特里·巴甫洛维奇，您的庄园吧——怎样卖，卖什么，卖多少钱，未来要付多少定金——一句话，所有的！（“终于说到正题了，”萨宁思忖，“感谢上帝！”）您跟我已经说了一些，记得吧，您把园子描绘得非常棒，只是‘小胖墩儿’没听着……让他听一听吧——兴许他也能嘟哝点什么出来！一想到我能对您的结婚有所帮助我就非常开心，因为我承诺过您，明天之后就把您的事给办妥；而我从不食言；不是吗，伊波利特·西多雷奇？”

波洛卓夫用手擦了一下脸。

“从不！我不会骗任何人。好啦，德米特里·巴甫洛维奇，请陈述正事，就跟我们在参议院做报告那样。”

37

萨宁开始“陈述正事”，也就是第二次将自己的庄园又描述一遍，但是没有再说环境优美，还时不时请波洛卓夫旁证一下，以证实他说的“事实与数据”之准确性。但波洛卓夫只是摇头晃脑哼哈——赞同还是不赞同——可能连鬼都搞不清楚。不过，玛丽亚·尼古拉耶芙娜也不需要他真参与其中。她表现出来的商业和行政管理上的才能让人只剩下惊叹的份儿！她对全部的经营底细一清二楚；她对一切都亲自过问，亲力亲为；百发百中，分毫不差。萨宁没料到有这样的考试：他也没准备。而这场考试足足考了一个半小时。萨宁体验到了被告坐在狭长木凳上、当着严厉而目光犀利的法官时的全部心情。“这真成审问了！”他烦恼地暗自嘀咕。玛丽亚·尼古拉耶芙娜一直面带微笑，好像在开玩笑，但萨宁并未因此而感到轻松；结果在“审问”过程中，他对“土地重分”和“耕地”的真正涵义理解并不透彻——急得他甚至汗都出来了。

“那好吧！”玛丽亚·尼古拉耶芙娜终于说道，“对您的庄园我了解得……不比您差了。每个农奴您要价多少？”（那个年代，庄园的价格，众所周知，是根据农奴的数量确定的。）

“嗯……我觉得……少于五百卢布是不行的。”萨宁吃力地说。（唉，庞塔列奥内，庞塔列奥内，你在哪里啊？这才是该你再来喊一声“Barbari[1]”的时候！）

玛丽亚·尼古拉耶芙娜抬头望着天花板，好像在盘算。

“还能说什么呢？”她终于说道，“这个价钱我似乎并不吃亏。不过我已经给自己定了一个两天的期限——所以您必须等到明天。我认为我们会达成一致的，那个时候您再说一下，您需要多少预付金。现在 basta cosi！[2]”她看到萨宁想表达什么不同意见，紧接着说：“我们谈铜臭钱的事儿足够多了……á demain les affaires！[3]您知道吧：我现在放您假（她看了一眼系在腰带上的珐琅挂表）……到三点钟……应该让您休息放松一下。去玩玩轮盘赌吧。”

“我从不赌博。”萨宁说。

“真的？您真是完人。不过，我也不赌。糟蹋浪费钱愚蠢至极——毫无疑问。但是您去赌场看看那些尊容吧。什么样滑稽可笑的人都会遇到。有一个老太太，额头上系了一根缀满宝

1　见前注，意大利语：野蛮人。

2　意大利语：够了！（原注）

3　法语：明天谈正事儿吧！（原注）

石的发箍，嘴上长着胡须——简直神奇！那里还有一位我们的公爵——也是好样的。魁梧的身材，鹰钩鼻子，而搁上一个塔列尔[1]——就在坎肩下悄悄画十字。读读杂志，散散步——一句话，干什么都行……三点钟我等您来……de pied ferme[2]。最好早一点吃午饭。可笑的德国人，戏院六点半就开演。”她把手伸过来。“Sans rancune, n'est-ce pas? [3]”

“哪儿的话啊，玛丽亚·尼古拉耶芙娜，我干吗要生您的气？”

“就因为我折腾您。您瞅着，我还没怎么折腾您呢，”她眯着一双眼睛说道，而她泛起一片绯红的脸上又一下子露出了她所有的酒窝。“再会！”

萨宁鞠躬告辞。他的身后又响起一阵笑声——这时，他在经过的一面镜子里清晰看到以下的场景：玛丽亚·尼古拉耶芙娜将自己丈夫的菲斯卡小帽的帽檐拉下来盖住了他的眼睛，而他用两手无力地乱抓乱挥。

1　德国17—19世纪的货币单位，硬银币，折合三个纸马克。

2　法语：一言为定。（原注）

3　法语：尽释前嫌，不好吗？（原注）

38

啊，萨宁一跨进自己的房间，禁不住深深地、高兴地长舒了一口气！的确：玛丽亚·尼古拉耶芙娜说得对——他必须好好休息一下，尤其是在经过了这么多新的交往、碰撞交锋、谈话之后，经过了钻进他脑子里和心灵深处的烟熏火燎之后，经过了与这位他如此陌生的女人意想不到和从未有过的近距离交往之后，他必须休息好才能恢复过来。而所有这一切又都是何时发生的呢？也几乎是在他刚知道杰玛爱他、他刚成为她的未婚夫的第二天！这简直是大不敬！尽管他没有什么可以自责的，但他还是千百次地在心底请求自己纯洁的、无瑕的爱人原谅自己；千百次亲吻她送的小十字架。假如他不能指望尽快圆满办好他跑来威斯巴登要办的事情的话，他早就迫不及待从这里往回返了——回到可爱的法兰克福去，回到那个令他感到亲切、现在已经是亲人的家里去，扑到她的身边，拜倒在钟爱的她的脚下……但是毫无办法！必须干掉这一大碗酒，必须穿戴整齐，去吃午饭——再去剧院……但愿明天她能早一点放他走！

还有一件令他烦恼和生气的事就是：一方面他怀揣着爱情、感动，还有感激的狂喜在思念着杰玛，憧憬两个人的生活，幻想他未来可期的幸福；另一方面是这位奇怪的女人，这位波洛卓夫太太的纠缠不休……不！不是纠缠，而是——根据萨宁特别的、幸灾乐祸的表述——在他眼前转悠，使他摆脱不了她的形象，无法不听到她的声音，无法不记得她说的话，甚至无法不闻到她衣服上那种特殊的香气，清新、新鲜、像黄色百合花那种沁人心脾的香气。

这位太太显然是在耍弄他，千方百计笼络他……为了什么？她想干吗？难道这仅仅只是娇惯任性、有钱又近乎放荡的女人的恶作剧吗？还有这位丈夫？！他是个什么样的人啊？他们俩到底什么关系？而这些问题为何会钻进他萨宁的脑子里，钻进无论是跟波洛卓夫先生还是跟他的太太都没有任何关系的萨宁的脑子里？为什么这个讨厌的形象即便是在他全身心要扑向另一个如白昼般光辉灿烂的身影时也挥之不去？怎么胆敢透过那几乎是神圣的脸庞还能显现？它们不单是透出来——还要粗鲁无礼地嘲笑。这双浅色、贪婪的眼睛，这些脸颊上的酒窝，这些毒蛇般的发辫——难道这些好像统统都粘在他身上，而他没有力量甩掉、扔掉这一切吗？

无稽之谈！胡说八道！明天这一切都将消失得无影无踪……但是她明天会放他走吗？

是啊……所有这些问题他都给自己摆出来了，而时间快到三点了——他穿上黑色礼服，在公园里溜达了一小会儿，径直往波洛卓夫家走去。

在客厅里，他遇到了一位德国大使馆秘书，这位秘书身材非常修长，淡黄色头发，马脸，从后脑勺梳着分头（那个时候这个发型很时兴）还有……真是神奇！还有谁？冯·顿戈弗，就是几天前跟他决斗过的那位军官！他无论如何也没想到会在这里跟他碰面，不由得很难为情，不过还是跟他点头行礼了。

“你们认识？”玛丽亚·尼古拉耶芙娜问道，萨宁的难为情没有躲过她的眼睛。

“是的……我很荣幸。”顿戈弗说完，朝玛丽亚·尼古拉耶芙娜那边微微弓了弓腰，微笑着小声说道：“就是那位……您的同胞……俄罗斯人……”

“不可能！”她同样小声喊道，摇动指头吓唬他，旋即同他们道别，包括他和那位高个子秘书。一切迹象表明，那位高个子秘书爱她爱得发疯，每次看她的时候，嘴巴都张得老大。顿戈弗马上就离开了，得体恭顺，好像家里的常客，从只言片语中就明白了他该怎么做；高个子秘书本想赖着不走，但玛丽亚·尼古拉耶芙娜毫不客气地硬是将他撵走了。

“找您的世袭大公主去吧，”她对他说（那个时候威斯巴登好像住着某位跟劣等交际花没什么两样的摩纳哥公主殿下），“在我这样一位庶民家里干坐着有何用？”

“得了吧，夫人，”倒霉的秘书想解释，“世上所有的公主……”

但是玛丽亚·尼古拉耶芙娜一点面子也没给——秘书只好转身带着他的后分发型走了。

那天，就跟我们奶奶常说的那样，玛丽亚·尼古拉耶芙娜打扮得可谓花枝招展。她身穿一件法国“歌莉娅谢”牌、丰唐[1]式袖子的玫瑰色丝质连衣裙，耳朵两边各戴了一颗大钻石。跟这两颗钻石相比，她那双亮晶晶的眼睛毫不逊色：她看上去精神饱满、风采照人。

她招呼萨宁坐在她旁边，就开始跟他说起了她再过几天要出发去的巴黎，还说德国人让她受够了，德国人卖弄起聪明来就显得很蠢，而他们犯蠢的时候却又要点小聪明；可突然，如您所料，她紧盯着——à brule pourpoint——问他，前些天他是否跟刚坐在这里的那位军官为了一位女士决斗来着?

“您怎么知道这件事？”萨宁吃惊地喃喃说。

“到处都传开了，德米特里·巴甫洛维奇；不过呢，我知道您是对的，一千个对——您表现得像一位骑士。请告诉我，这位女士就是您的未婚妻，对吧？”

萨宁微微眉头一皱……

“好，我不说了，不说了，”玛丽亚·尼古拉耶芙娜连忙说，

1　丰唐（1661—1681），法国国王路易十四的情妇之一。

"您不高兴说这个，抱歉，我不再说了，请不要生气！"波洛卓夫从隔壁房间出来，手里拿着份报纸。"你干什么？是午饭准备好了吗？"

"午饭马上就送过来，你看一看，我在《北方蜜蜂》上读到……戈罗莫波伊大公死了。"

玛丽亚·尼古拉耶芙娜抬起了头。

"啊！愿他在天堂安息！每年，"她对萨宁说，"二月份我过生日的时候，他都要用茶花将我所有的房间装扮一新。但就是这样也不值得在彼得堡过冬。他也许有七十多岁了吧？"她问丈夫。

"有了。他的葬礼报纸上都报道了。全宫廷都参加了。你看，科弗里什金大公还为此写了悼诗。"

"真好。"

"你想听吗，我来读？大公称他为谏言大公。"

"不，不想听。他算什么谏言大公！他只不过算是塔季雅娜·尤里耶芙娜的老公。咱们吃午饭吧。活人操心活着的事。德米特里·巴甫洛维奇，把您的手给我。"

跟昨天一样，午餐非常丰盛，气氛也很活跃。玛丽亚·尼古拉耶芙娜很会讲话……这是女人中罕见的才能，更不要说在俄罗斯女人中！她说话泼辣、鲜有忌讳；这方面她的同胞们特别领教过。萨宁不止一次被她那特有的机敏而一语中的的用语逗得哈哈大笑。玛丽亚・尼古拉耶芙娜最不能忍受的就是假仁假义、套话空话和谎言……她发现谎言无处不在。她好像对她生活所处的下层社会环境多有褒奖，引以为豪；她讲了自己童年时期家族亲人的许多奇奇怪怪的趣闻；她自称是跟娜塔莉雅・基里尔洛芙娜・纳雷什金娜[1]差不多的苦孩子。萨宁这才明白，她经历的比她同时代的许许多多同龄人要多得多。

而波洛卓夫一个人吃得津津有味，喝得聚精会神，只是间或用微微发白、看似视力不济实则视力非常好的眼珠子左扫扫妻子，再右扫扫萨宁。

“你真是我的聪明人！”玛丽亚·尼古拉耶芙娜大声对他说，“我交办的事情居然在法兰克福全办妥了！我真应该亲亲你的额头，可又知道你跟我并不图这个。”

“我不图。”波洛卓夫说完，就用一把银餐刀将菠萝切开了。

玛丽亚・尼古拉耶芙娜看了他一眼，用手指头敲了一下桌子。

“这样的话咱们打的赌还算不算呢？”她别有用意地说道。

“算数。”

“那好。你输定了。”

波洛卓夫抬起了下巴颏。

1　娜塔莉雅・基里尔洛芙娜・纳雷什金娜（1651—1694），彼得大帝的母亲，阿列克谢・米哈伊洛维奇沙皇的第二个皇后。

“等着瞧吧，这一回，无论你怎样沉着冷静，玛丽亚·尼古拉耶芙娜，我都认为输的人一定是你。”

“打什么赌？可以打听吗？”萨宁问。

“不……现在不行。”玛丽亚·尼古拉耶芙娜说完，就笑了起来。

七点到了。服务生通报说马车准备好了。波洛卓夫送完太太，立即转身步履艰难地向沙发椅走过去。

“记住！别忘了给管家的信！”玛丽亚·尼古拉耶芙娜从前厅冲他喊了一声。

“放心，我会写的。我是个认真仔细的人。”

39

一八四〇年威斯巴登剧场的外观很差，而它的剧团，就其空洞无物的戏词和低下平庸的表演、看似卖力实则庸俗的因循守旧而言，相对于迄今为止所有德国人认为的正常水平，相对于近年来德弗里恩特先生“卓越”管理下的卡尔斯鲁厄剧团的完美表演，一丝一毫都没有超过。在“冯·波洛卓夫夫人阁下”专属包厢后面（天知道服务生是想的什么办法弄到这包厢的——他该不是真的买通市长大人了吧！）还有个不大的、摆了几个沙发的小房间；进去之前，玛丽亚·尼古拉耶芙娜让萨宁将包厢和剧场之间的屏风竖起来。

“我不想让人看见，”她说，“不然的话，人都会往这里挤。”

她让他坐在旁边，背对着大厅，这样看起来包厢没人。

乐队刚演奏完《费加罗婚礼》的序曲……大幕升起：正戏开始了。

这也是众多简单戏剧作品中的一部，读了太多死书但又平庸的作者用文绉绉却又呆板的语言在作品中勤勉又蠢笨地表达某种“高深的”或“非常迫切的”思想，表现出所谓的悲剧冲突，引发苦闷……亚洲式的苦闷，像亚洲霍乱一样。玛丽亚·尼古拉耶芙娜耐着性子听完了半幕，但当第一个情郎（他身穿带波利斯绒领子的棕色“起皱”礼服和贝壳纽扣的条纹背心，绿裤子的裤口还连着漆皮的套带，戴麂子皮手套）得知自己的情人变心之后，这个情郎用双拳抵住胸口，两个形成锐角的胳膊肘向前张开，像狗吠般嚎叫起来，玛丽亚·尼古拉耶芙娜再也无法忍受下去了。

“法国最差的外省小城里最不济的演员也比德国一流的知名演员表演得更自然更好。”她不满地喊道，起身坐到了后面的房间。“到这儿来，”她跟萨宁说，一边用手拍着跟前的沙发。“我们聊聊天吧。”

萨宁同意了。

玛丽亚·尼古拉耶芙娜看了他一眼。

“我发现，您很温和！您的妻子跟您相处将会很轻松。这个丑角，”她接着说，一边用折扇那头指着台上嚎叫的演员（他扮演的是家庭教师），“令我想起了我的青年时代：我也曾爱过一位教师。是我的初恋……不对，我的第二个恋人。我的初恋是顿河修道院的一位役工。我那时十二岁。逢周日我才能遇到他。他法衣里面套着一件绒面长袍，身上的香水让人喘不过气来，手提长链香油炉在人群中穿行，跟女士们用法语说‘对不起，请原谅’——他从来都不抬起眼睛，而他的眼睫毛有这么长！”玛丽亚·尼古拉耶芙娜用大拇指指甲盖在自己的小指头中间一划，比划给萨宁看有多长。“我的老师名字叫‘monsieur Gaston[1]’！应该告诉您的是，他是一位学问很深又超级严厉的人，来自瑞士——脸上的表情如此刚毅！络腮胡乌黑如漆，希腊人的轮廓，嘴唇就像铁水浇铸的一般。我怕他！我的一生中只害怕过这么一个人。他是我弟弟的家庭教师。我弟弟去世了……溺水。有个茨冈女人算命说我也有横死之灾，但这是无稽之谈。我不信这个。您能想象得到伊波利特·西多雷奇手持短剑的样子吗？！”

“要死不一定只能死于短剑。”萨宁说。

“这都是无稽之谈！您也信命吗？我从来都不。是福不是祸，是祸躲不过。加斯通先生跟我们同住一屋，就在我楼上。常常是，我夜里醒来听见他的脚步声——他睡得很晚——我的心因为敬仰都快不跳了……或者因为其他的情愫。我父亲勉强认得几个字，但是却给了我们最好的培养。您知道吗，我懂拉丁文？”

“您？懂拉丁文？”

“是的，我懂。加斯通先生教会我的。我跟着他把《伊尼特》[2]读完了。枯燥乏味的东西，但有些地方写得不错。您还记得狄

1　法语：加斯通先生。

2　罗马诗人吉维尔（公元前70—前19）利用拉丁文创作完成的一部史诗。

多和伊尼斯在森林里……"

"是的，是的，我记得。"萨宁急忙说道。他自己很早以前就已将拉丁文忘得一干二净，对《伊尼特》只有一个大概的印象。

玛丽亚·尼古拉耶芙娜按照她的习惯，从侧面而且是自下而上地看了他一眼。

"不过，您不要以为我很有学问。哎呀，我的老天，不——我没什么学问，也没有任何天才。勉强会写字……真的，不会朗诵、不会弹钢琴、不会画画、不会缝纫——什么也不会！我就是这么个人——都在这里了！"

她两手一摊。

"我把这一切全告诉您了，"她继续说道，"首先，是为了不听这帮傻瓜瞎喊瞎叫（她指了指舞台，此时一位女演员替代了男演员在鬼哭狼嚎，两肘也向前伸开），其次是我欠您的：您昨天把自己的情况都跟我讲了。"

"那是您愿意问我。"萨宁说。

玛丽亚·尼古拉耶芙娜突然向他转过身来。

"那您就不愿意了解，我到底是个什么样的女人吗？不过，我并不奇怪，"她说完，又把身体朝沙发枕紧贴过去。"人家准备结婚了，而且是因为相爱，而且是决斗之后……人家哪里还会花心思考虑别的什么？"

玛丽亚·尼古拉耶芙娜陷入了沉思，一边用她那又大又整齐、像牛奶般洁白的牙齿咬着扇把。

而萨宁感觉到，那一股浓烟又在他脑海里向上升腾，这股他无法躲避的浓烟已经持续第二天了。

他跟玛丽亚·尼古拉耶芙娜之间的交谈是小声进行的，几乎是耳语——而这更加令他恼怒和不安……

何时才能让这一切有个了断？

软弱的人从不能自行决断——他们总是等待结局。

舞台上有人打了一个喷嚏；打喷嚏是剧本作者作为一个“喜剧点”或者“要素”写进脚本中去的；而脚本中其他的喜剧要素，当然，已不存在；所以观众们就满意了此种要素，跟着一起笑了。

这种笑声同样令萨宁恼怒。

有这样一些时刻，他完全不知道：他怎么啦——生气还是高兴；发愁还是开心？唉，要是让杰玛看到他这样！

“真的，这很奇怪，”玛丽亚·尼古拉耶芙娜忽然开口说道，“一个人用如此平静的声音告诉您，说的是‘我准备结婚了’；可没有人会平静地告诉您‘我准备跳河’。而它们之间有何区别？真是奇怪了。”

萨宁懊恼起来。

“区别很大，玛丽亚·尼古拉耶芙娜！有些人跳河根本不可怕：要是他会游泳；而除此之外……说到结婚的奇怪之处……既然话题说到这……”

他突然打住话头不说了。

玛丽亚·尼古拉耶芙娜用扇子敲了一下自己的掌心。

“请说下去，德米特里·巴甫洛维奇，说下去——我知道您想说什么。‘既然话题说到这，仁慈的玛丽亚·尼古拉耶芙娜·波洛卓娃女皇陛下，’您想说的是，‘很难想象有比您的婚姻更奇怪的了……要知道我很了解您的丈夫，打小就熟！’这就是您想要说的，会游泳的您！”

“请原谅。”萨宁刚想开口……

“难道这说得不对吗？难道不对吗？”玛丽亚·尼古拉耶芙娜固执地说，“好啦，请您看着我的脸并说，我说的全都不是真的！”

萨宁不知道要把眼睛往哪里看。

“好吧，您要愿意：全是真的，既然您一定要求这样。”他终于说了一句。

玛丽亚·尼古拉耶芙娜直摇头。

“这样……这样。好吧，您问过您自己吗，会游泳的您，这样奇怪的……从一个既不穷……也不蠢……也不傻的女人这方面来说这样奇怪的行为原因会是什么？可能您对这个不感兴趣：因为都无所谓。我要告诉您原因，但不是现在，等幕间休息结束我再说。我始终担心有熟人会跑进来……”

玛丽亚·尼古拉耶芙娜话音未落，外面的门果真被推开了一半——脸红红、油光光又流着汗、年纪不大却没牙、头发又稀又长、塌鼻子、一对蝙蝠一样的大耳朵、一副镜框带着

pince–nez[1] 的金边眼镜架在一双好奇又迟钝的小眼睛上的一个人。那人环视一圈，看见玛丽亚·尼古拉耶芙娜，难看地咧嘴一笑，脑袋晃起来……跟着脑袋后面伸进来的是一个布满青筋的脖子……

玛丽亚·尼古拉耶芙娜冲那颗脑袋挥了一下手绢。

“我不在家！ Ich bin nicht zu Hause, Herr P...! Ich bin nicht zu Hause...[2] 嘘，嘘嘘嘘！”

那人很是诧异，笑得很勉强，说话跟哭一样，腔调模仿有人曾经拜倒在李斯特[3]脚下奴颜婢膝说的那句：“Sehr gut! Sehr gut! [4]”——就消失了。

“这位是什么人？”萨宁问。

“这位？威斯巴登批评家。‘文学家’或是雇佣的仆从[5]，随便怎么说都行。他受雇于本地一个承包商，所以必须赞美一切，对一切都表现得陶醉其中，其实内心充满了甚至都不敢表露出来的龌龊愤懑。我担心：他这人特别喜欢播弄是非，马上就会到处去说我在剧场。哼，无所谓了。”

乐队演奏了一曲华尔兹，大幕再次升起……舞台上又是那

1　法语：鼻夹。

2　德语：我不在家，P 先生……！我不在家……

3　弗朗茨·李斯特（1811—1886），匈牙利作曲家、钢琴家、指挥家。

4　德语：非常好！非常好！（原注）

5　出自德语“Lohn–Lakai”，即“雇佣的仆从”。（原注）

些装腔作势和鬼哭狼嚎。

“好啦，大人，”玛丽亚·尼古拉耶芙娜又坐回沙发里开了腔，“既然来都来了，死活必须跟我待在一起，而不是享受跟您的未婚妻耳鬓厮磨……请您不要眼睛乱转，请不要生气——我理解您并答应会放您走的，那现在先听听我的自述吧。您想知道我最喜欢什么吗？”

“自由。”萨宁提示道。

玛丽亚·尼古拉耶芙娜把手放到了他的手上。

“对了，德米特里·巴甫洛维奇，”她说，她的声音透露出一种特别的、显而易见的真诚和郑重其事，“自由，最重要和最优先的。您别以为我是在自夸——这方面没什么好自夸的，就这么简单，过去和将来对我都一样，直到我死。童年时代我很可能是见过了太多奴役也受够了它。嗯，还有加斯通先生，我的导师，让我视野大开。现在，您可能明白我为何要嫁给伊波利特·西多雷奇了吧；跟他在一起我是自由的，完全自由，像空气，像风儿……这一点结婚前我就知道了，我知道跟他在一起我将是一名自由的哥萨克！”

玛丽亚·尼古拉耶芙娜沉默片刻，扇子被她扔到了一边。

“再告诉您一件事：我不反对思考……思考令人愉快，要不给我们理性干什么。但至于我自己做的事情有何后果，我从不思考，而若是必须要思考的话，我自己豁得出去——一点儿都不客气：不值得。我有个座右铭：‘Cela ne tire pas à conséquence! [1]’不知道用俄语怎么说。莫非真是这样：tire à conséquence（有坏结果吗）？要知道这里没有人找我算账，在这个地球上；而那里（她手指向上一指）——嗯，众所周知，那里随老天怎么处置都行。倘若那里要审判我的话，爱怎样怎样！您在听我说吗？让您无聊了吧？”

萨宁一直低着头坐在那里。这时抬起了头。

“我一点儿都不无聊，玛丽亚·尼古拉耶芙娜，并且我听得很感兴趣。只是我……得承认……我问自己，您干吗要将这一切告诉我？”

玛丽亚·尼古拉耶芙娜在沙发上稍微挪了挪地方。

“您问您自己……您是榆木疙瘩？还是谦虚过度？”

萨宁把头抬得更高了。

“我跟您说完吧，”玛丽亚·尼古拉耶芙娜用一种平静的语调接着说，不过，跟她脸上的表情不是很吻合，“因为我非常喜欢您。是的，您不要惊讶，我不开玩笑：这是因为，一想到要是跟您见面之后，您对我的印象不好、或者甚至不是不好、而是不正确的话，我就会很难受……我这才强邀您来这里，单独跟您见面，跟您如此开诚布公……是的，是的，开诚布公。我没撒谎。还请注意，德米特里·巴甫洛维奇，我知道您爱上了另一位，知道您准备娶她……您也该为我的无私评评理！不

1 法语：不会有任何坏后果！（原注）

过呢，也该轮到您来说说了：‘Cela ne tire pas à conséquence!（不会有任何坏后果！）’”

她笑了起来，但她的笑声戛然而止——她一动不动，仿佛她说的话将她自己也吓到了，而她的眼神，平时那么开心、勇敢的眼神，此刻却闪过一丝类似胆怯、甚至是类似忧郁的东西。

“毒蛇！啊，她真是一条毒蛇！”萨宁一时在暗想，“但又是多么美丽的一条毒蛇！”

“请把长柄望远镜递给我，”玛丽亚·尼古拉耶芙娜突然说道，“我倒想看看：难道这 jeune première[1] 果真如此差劲儿吗？本来，可以料想，政府是带着道德目的才决定演它，以便年轻人不至于过于庸俗。”

萨宁将长柄望远镜给她递了过去，而她从他那里接过去的时候，蓦地但几乎觉察不到地两手捧住了他的一只手。

“请别摆出一副一本正经的样子，”她笑着耳语了一句。“您知道吗：链子是拴不住我的，但我也不给人拴链子。我喜欢自由，不认责任——不单针对我自己一个人。现在麻烦您坐过去一点，让我们听戏吧。”

玛丽亚·尼古拉耶芙娜把长柄望远镜移往舞台方向——半明半暗的包厢里，并排跟她坐着的萨宁也朝舞台那边看过去，

1 法语：首演。

一边不由自主地吮吸她甜美的身体散发的温暖气息与芬芳，并且自己的脑海里也不由自主地翻过来倒过去地回想她一整个晚上——特别是最后几分钟对他讲的那些话。

40

戏又演了一个多钟头，但玛丽亚·尼古拉耶芙娜和萨宁很快都不看戏了。他们之间的谈话又开始了，而且这个谈话展开的方式跟先前的路子一样；只是这一次萨宁不那么沉默不语了。他内心对自己和玛丽亚·尼古拉耶芙娜都很生气；他竭力向她证明她的“理论”毫无根据可言，好像她真有理论似的！他跟她争论，这让她暗自得意：既然争论，就意味着他在妥协或者即将妥协。上钩了，让步了，不再把她当外人！她反驳、微笑、表示赞同、沉思默想、抨击责难……而同时他的脸与她的脸越来越靠近，他的眼睛也不刻意躲避她的眼睛……她的眼睛好像在他脸上四处徘徊、逡巡，而他对她报之以微笑——谦恭有礼，但是微笑。令她满意的还有，他开始了抽象的讨论，讨论两性关系的诚实、责任、爱情和婚姻的神圣等问题。很明显：这些抽象讨论作为开端……作为出发点……是非常、非常有益的。

对玛丽亚·尼古拉耶芙娜非常了解的人都相信，当强势又固执的她突然变得温婉和谦虚，几乎变得有点儿少女般羞涩的时候——尽管你会觉得哪里来的这些？……那个时候……对，那个时候就是事情变得很危险的转折时刻。

看起来，对于萨宁来讲，也正在发生这样的转折……要是他能够哪怕是凝神内省须臾的话，他就该会瞧不起他自己；但是他既没有凝神内省，也没有鄙视自己。

而她可没浪费时间。而之所以会发生这一切，乃是因为他着实长得一表人才！不得已只能够说："谁知道呢？祸兮福所倚，福兮祸所伏。"

戏演完了。玛丽亚·尼古拉耶芙娜让萨宁帮她围好围巾，当他用柔软的织物裹住她那委实威仪的肩膀时，她站着一动不动。随后她挽起他的手，刚走进走廊——差一点叫了起来：就在包厢的门外口，像幽灵般立着顿戈弗；他身后站着的是威斯巴登评论家那脏兮兮的身影。"文学家"油亮发光的脸上挂着幸灾乐祸的表情。

"夫人，您不要我帮您找一下您的马车吗？"年轻军官对玛丽亚·尼古拉耶芙娜说，语气中强压着的一股火在发颤。

"不用，谢谢您，"她答道，"我的仆人找得到的。——请您留步！"她低声命令式地补上一句后，让萨宁跟着她迅速离开了。

"见鬼去吧！您老缠着我干什么？"顿戈弗冲着"文学家"突然大声吼起来。他太需要找个人发泄发泄自己啦！

"Sehr gut! Sehr gut![1]""文学家"嘟囔了一声，偷偷溜走了。

在树荫下终于等到玛丽亚·尼古拉耶芙娜的仆人转眼工夫就找到了主人的马车——她迅速坐了进去，萨宁也紧跟其后跳了进去。马车门砰的一声就关上了——玛丽亚·尼古拉耶芙娜突然哈哈大笑起来。

"您笑什么？"萨宁好奇地问。

"哎呦，请原谅我……但是我在想，要是顿戈弗跟您再要决斗……因为我……这岂非奇事？"

"您跟他认识不久吗？"萨宁问。

"他？跟这个小男孩？他在我这里就是个当差跑腿。您别担心！"

"我可一点儿都没担心。"

玛丽亚·尼古拉耶芙娜叹了一口气。

"是啊，我知道您没担心。但是请您记着——您知道吧：您这么好，您不会拒绝我最后一个请求的。别忘了：过三天我要去巴黎，而您则返回法兰克福……什么时候我们才能再见面呢！"

"您的请求是什么？"

"您当然会骑马吧？"

"会骑。"

---

1 见前注，德语：非常好！非常好！

"那就这么着。明天一早我带您一块儿——我们一起骑马去郊外。我们会找到非常棒的坐骑。然后我们回来，把事情办了——最后说阿门！别大惊小怪，别跟我说这是任性，说我疯了——这一切都有可能——但您只要告诉我：我同意！"

玛丽亚·尼古拉耶芙娜把脸转向了他。马车内光线不好，但她的眼睛在这昏暗中闪闪发光。

"那好吧，我同意。"萨宁小声叹着气回答。

"啊！您叹气啦！"玛丽亚·尼古拉耶芙娜反复逗弄他。"常言说得好：君子一言，驷马难追。但是，不，不……您太可爱了，您太好了——而我一定信守诺言。这是我的手，没戴手套，右手，签合同的手。握着它吧，并相信它的一握。我是个什么样的女人，我不知道；但我是一个诚实的人——跟我打交道是可以的。"

萨宁自己也没好好想明白自己在做什么，就将她这只手贴到自己的嘴唇上了。玛丽亚·尼古拉耶芙娜默默地接纳了，突然沉默了——一直沉默着，直到马车停了下来。

她慢慢下车……这是什么？是萨宁的错觉还是他的脸上真切地感触到了一个飞快的灼热的吻？

"明天见！"玛丽亚·尼古拉耶芙娜在楼梯上跟他低声耳语，她的整个身体被照得通亮，一位穿着金色制服的看门人在她刚一出现时就端着燃着四支蜡烛的枝形烛台迎了上去。她低垂着眼睛。——"明天见！"

一回到酒店房间，萨宁就在桌上发现了杰玛的一封来信。

他 瞬间……有点儿害怕 旋即又变得高兴起来，以便在自己面前尽快掩饰自己的害怕。信只有短短几行。她对“事情的开端”顺利表示很高兴，劝他要有耐性，接着又告诉他，家里一切都好，全家人对他即将回来感到高兴。萨宁觉得这封信太干巴巴了——可还是拿起了笔和纸……终究还是全扔下了。“写什么？明天就回去了……该回去了，早该回去了！”

他立刻上了床，努力尽快入睡。要是还站着不睡的话，他很可能就会开始想杰玛——而他不知为何……羞于想她。他良心不安。但他这样安慰自己，明天一切都会永远地结束，他将永远离开这位喜怒无常的任性阔太太——将忘掉这件荒唐无稽的事情！……

软弱的人们自言自语的时候，总是喜欢用些遒劲有力的辞藻。

Et puis... cela ne tire pas à conséquence! [1]

1 法语：然后呢……却又忘得一干二净！

41

萨宁躺下睡觉的时候想的就是这些；但是第二天，当玛丽亚·尼古拉耶芙娜用珊瑚虫做的马鞭手柄急不可耐地敲他房门的时候，当在房门口看见她——臂弯里搭着深蓝色骑手制服的长后襟、头戴一顶男式小帽、一条头巾束着大发辫子往肩头上一披，嘴角上、两只眼睛里和整张脸上都带着挑逗性微笑——这个时候他又想了些什么——这一点就无人知晓了。

“怎么样？准备好了吗？”响起一个很开心的声音。

萨宁扣好礼服的扣子，默默地抓起了帽子。玛丽亚·尼古拉耶芙娜高兴地看了他一眼，点点头，就飞快地跑下楼梯。他跟着她也跑了下去。

马已经停在台阶前的大街上了。一共有三匹：给玛丽亚·尼古拉耶芙娜备好的是一匹纯种的金栗色牝马，长着一个干瘦的脸、龇着牙、一对马眼睛凸鼓着，像鹿一样的四肢显得精瘦而有力，但漂亮、性子刚烈如火；萨宁骑的是一匹壮硕、宽背、略显迟缓的纯黑没有杂毛的乌骓牡马；最后一匹马是仆人跟班骑的。玛丽亚·尼古拉耶芙娜敏捷地跨上马……那牝马翘着尾巴、夹紧马屁股，就跺起四蹄、打起转来，但是玛丽亚·尼古拉耶芙娜（不愧为一名优秀骑手！）原地勒住了这匹牝马：还得跟波洛卓夫告个别。他还是戴那一顶菲斯卡小帽，便服没扣扣子，站在阳台上挥了一下细亚麻手帕，不过与其说是一点儿都没带笑容，毋宁说是皱着眉头。萨宁也翻身上了自己的马；玛丽亚·尼古拉耶芙娜用马鞭向波洛卓夫先生行礼告别，随后在挺起的、细细的马脖子上抽了一鞭：牝马前蹄一抬，向前一跃，就听话地迈着小碎步走了起来，浑身的青筋抖动、嚼着嚼子，哈着气，不停地打响鼻。萨宁在她后面骑行，看着玛丽亚·尼古拉耶芙娜：自信、纤细灵巧的身体虽然被掐腰紧身衣所束，却不乏灵活地在马背上熟练而协调地晃动。她向后转过头，使了一个眼色招呼他。他于是打马与她并驾齐驱。

“哈，您看见了吧，多好啊，”她说，“离别之前，我还是告诉您最后一句：您太可爱了——您不会后悔的。”

说完最后这句话，她点了几下头，似乎想要强调它，让萨宁体会一下这句话的意思。

她看上去如此幸福，着实令萨宁感到吃惊：她的脸上甚至有一种孩童脸上常见的、只有当他们非常、非常满足的时候才出现的那种庄重的表情。

没走多久他们一行就出了不远处的城门，随后便沿着大路快马加鞭地跑起来。天气棒极了，正值夏季，晨风扑面而来，在耳边呜呜直响、呼啸而过。他们心旷神怡：对年轻、健康的生命以及自由自在、勇往直前的奔跑的认知俘获了他们俩，这种认知每时每刻都在滋长。

玛丽亚·尼古拉耶芙娜勒紧了马，让马再换慢步走；萨宁也跟着她这样做。

“您看，”她深深地、心满意足地吸了一口气说道，“要为了这些活着才有意义。您想做的做成了，您想要的得到了，看上去不可能的事情却实现了——心啊，尽情享受吧！”她用手指头横着在脖子上一滑。“就会感到自己是多么幸福的一个人啊！就像我现在这样……如此幸福！仿佛我拥有了整个世界。准确地说不是，不是整个世界！……瞧，这一位我就不想拥有。”她用马鞭指了指路边走过的一位穿得像叫花子的老头。“但是我要让他感到幸福起来。拿去吧，给您的。”她用德语大喊了一声，就把一个钱袋子扔到了老头的脚跟前。沉甸甸的小袋子（那个时候根本就没有钱包之说）砰的一声落在地上。过路老头吃惊地停了下来，而玛丽亚·尼古拉耶芙娜哈哈大笑，策马离去。

“您骑马都这样开心吗？”萨宁追上她问。

玛丽亚·尼古拉耶芙娜又一次猛勒住马缰绳：别的能让马停下来的方法她都不用。

“我躲开只是不想听见感谢。如果谁要感谢我——我的幸福感就会被破坏。要知道我这样做可不是为了他，而是为了我自己。他怎么能谢我呢？我没听清，您问我什么来着。”

“我是问……我想知道，今天您怎么这样开心？”

“您知道吗，”玛丽亚·尼古拉耶芙娜小声说：她要么又没听清楚萨宁说什么，要么就认为没必要回答他的问题。“这个仆人跟班让我讨厌透了，总跟着我们，很可能一直在想，心说，夫人和老爷他们何时才回家呢？怎么才能甩开他？”她从口袋里匆匆掏出一个记事本。“派他送封信回城？不……不好。喔！这么办吧！那前面是什么？小饭馆吗？”

萨宁朝她指的方向看了一眼。

“嗯，好像是一家饭馆。”

“那太好了。我让跟班留在这家饭馆里——喝喝啤酒，直到我们返回。”

“那他会怎么想？”

“那关咱们什么事！再说他什么也不会想；就喝啤酒——就会喝啤酒。好啦，萨宁（她头一回直呼其姓）——前进，快跑！”

到了小饭馆跟前，玛丽亚·尼古拉耶芙娜把跟班仆人叫过去，把要求跟他做了吩咐。跟班仆人是个英国出生、具有英国气质的人，手往帽檐上一抬敬了一个礼，跳下马，一把抓住了缰绳。

“好啦，我们现在——像鸟儿一样自由啦！”玛丽亚·尼古拉耶芙娜大声说道，“我们往哪里去——往北、往南、往东、往西？您看见了吧——我像一位加冕礼上的匈牙利国王（她用马鞭那一头指了指四个方位）。一切都属于我们！不，您知道吗：您看，那里的山脉多么雄伟——还有那森林！我们去那里吧，到山里去，到山那边去！”

In die Berge, wo die Freiheit thront! [1]

她拐下了大路，沿着狭窄、崎岖不平、好像真是通往山里的一条小路疾驰起来。萨宁策马紧随其后。

1　德语：到山里去，那里才有自由！（原注）

42

这条小路很快就变成了羊肠小道，最后被一条壕沟横切之后就彻底消失了。萨宁建议原路返回，但玛丽亚·尼古拉耶芙娜说：“不，我要进山！一直往前，就像飞翔的鸟儿。”——就骑马跃过了那条壕沟。萨宁也跨过去了。沟那边是草地，开始是干的，慢慢变湿，最后变成了沼泽地：到处都见到水渗出，形成一个个水洼。玛丽亚·尼古拉耶芙娜故意让马去淌过那些水坑，嘻嘻哈哈笑着说：“就当是中学生一样任性胡闹吧！”

“您知道吗，”她问萨宁，“什么是：淌着水花去打猎？”

“知道。”萨宁回答。

“我有个叔叔喜欢带着猎狗打猎，”她接着说，“春天我常跟着他玩。棒极了！就像现在我跟您——也是淌着水花。只是我发现：您作为一个俄罗斯人，却想娶一个意大利女子。可这是您自己找的痛苦。这是什么？又是一条沟？跳！”

马是跳过去了——但玛丽亚·尼古拉耶芙娜的帽子从头上掉下去了，她的头发披散在两肩。萨宁本想下马去捡帽子，但她冲他喊了一声“别动，我自己来”，从马背上将上身压得很低，用马鞭的手柄钩住帽子上的面纱，真的将帽子够到，戴回头上，但头发没捋一捋就又纵马飞奔起来，甚至大声尖叫。萨宁与她并驾齐驱，和她一起跃过沟渠，跨越篱笆，涉过小溪，一会儿隐入深山，一会儿又冒出来艰难爬坡，两眼一直盯着她的脸。一张多么美丽的脸庞！仿佛盛开的花朵：眼睛睁得大大的，贪婪、明亮、野性十足；嘴巴、鼻孔大张，大口地呼吸；她直视前方，旁若无人，似乎她眼前看到的一切，大地、天空、太阳还有空气，这个人都想要攫为己有，而她感到可惜的只有一点：危险太少——再多她也能全都克服！“萨宁！”她喊他，“这就像比尔格的叙事诗《来诺勒》写的那样！只不过您是活的——啊？活的？……我也是活的！”勇猛的劲儿真是上来了。这已不是一位女骑手在纵马狂奔——这是一位年轻的、半人半马的女魔、半兽半神的女妖在狂奔，而被她恣意践踏过的规规矩矩的、彬彬有礼的地方也只剩下为之惊叹不已！

玛丽亚·尼古拉耶芙娜终于勒住了她那匹嘴里满是白沫、跑得大汗淋漓、浑身溅满泥水的牝马：这匹马被她骑得有点摇摇晃晃，而萨宁那匹肥硕又迟缓的牡马也累得上气不接下气。

“怎么样？好玩吗？”玛丽亚·尼古拉耶芙娜低声问他，带着一种异常甜美的声调。

“好玩！”萨宁兴奋地回答。他全身的血都在沸腾。

“先歇一会儿，一会儿还要跑！”她伸过来一只手。那只手上的手套已经被撕破了。

“我说过要带您到森林中去，到山里去……前面就是，您看那些大山！（的确：两位勇猛剽悍的骑手抵达的地方走过去两百步左右，就是被高高的树林覆盖的群山。）您看见了吗：这里有条路。从这里直接往前。只是得慢步走。必须让马匹歇歇脚。”

他们又出发了。玛丽亚·尼古拉耶芙娜用一只手将头发往脑后猛地一甩，然后又看了一眼自己的手套——将它们摘了下来。

“手上会有皮子味儿的，”她说，“不过您不会在意吧？啊？……”

玛丽亚·尼古拉耶芙娜笑了，萨宁也跟着笑了。这段疯狂的骑马似乎彻底地让他们俩亲密和友好起来。

“您多大了？”她突然问。

“二十二岁。”

“不可能！我也二十二岁。正当华年。都加在一起，离年迈也很远。不过天气真热啊。怎么，我满脸通红了吗？”

“像罂粟花一样！”

玛丽亚·尼古拉耶芙娜用手绢儿擦了擦脸。

“要去到树林那边就好，那里会比较凉爽。多么古老的森林——就像个老朋友。您有好朋友吗？”

萨宁想了一会儿。

“有……只是不多。真正的好朋友没有。”

“而我倒是有一些真正的朋友——只不过不是老朋友。这里有一位也是——这匹马。它多么认真地驮着你啊！哎呀，这里真是太好啦！难道说后天我真的要去巴黎吗？”

“嗯……难道？”萨宁附和。

“而您要去法兰克福？”

“我必须回法兰克福。”

“那好吧——上帝保佑您！不过今天这一天是我们的……我们的……我们的！”

两匹马终于抵达了林子边缘，就直接骑了进去。浓郁的树荫一下子从四面八方将他们笼罩其中。

“啊，这里跟天堂一样！”玛丽亚·尼古拉耶芙娜赞叹道，“往树荫更深更远一些的地方去，萨宁！”

马匹悄悄地往“更深的树荫”的地方迈进，轻轻地摇晃着，一边打着响鼻儿。他们骑马进来的这条羊肠小道突然拐向一条非常狭窄的山谷。帚石南、蕨类植物、松香，还有潮湿的、树林里积在一起的陈年落叶的气味如此浓烈，令人昏昏欲睡。从褐色巨石的罅隙中吹来一阵沁人心脾的清凉。小道的两旁到处都是长满苔藓的圆形小山丘。

“停下！”玛丽亚·尼古拉耶芙娜喊道，“我想在这块绒毯上坐下来歇一会儿。扶我下马。”

萨宁下马跑向她。她扶着他的肩膀，嗖地一下跳到地上，在一个长满青苔的山坡上坐了下来。他手里握着两条缰绳，站在她的跟前。

她抬眼看着他……

“萨宁，您健忘吗？”

萨宁记起了昨天……马车里的情景。

“这是——问题……还是责备？”

“我天生就不会责备任何人、任何事情。那您相信迷魂药吗？”

“什么？”

“迷魂药——您知道，我们一些歌曲里唱到的。就是平民老百姓的民歌里唱的？”

“啊！原来您说的是这个……”萨宁拉长声音说。

“对，就是这个。我相信……您也会相信的。”

“迷魂药……妖术……”萨宁又说，“世界无奇不有。以前我不相信，而现在我信。我对自己也会陌生。”

玛丽亚·尼古拉耶芙娜想了想——并环顾了一下四周。

“而我总觉得，这个地方我似乎来过。麻烦过去看看，萨宁，那棵巨大的橡树后面是不是立着一块红色的木头十字架？还是没有？”

萨宁往那边走了几步。

“是有一块。”

玛丽亚·尼古拉耶芙娜微微一笑。

“噢，很好！我知道我们在哪里。我们暂时还未迷路。这是什么声音？樵夫吗？”

萨宁朝树丛望了一眼。

“是的……那里有个人在砍枯树枝。”

“要把头发整理好才像样子，”玛丽亚·尼古拉耶芙娜说，“要不人家看到了——要说坏话的。”她摘下帽子，开始归拢自己的长辫子，没说话，样子很虔诚。萨宁就在她跟前站着……在深色的、有几处还沾着青苔丝的呢制服褶皱下她优美的曲线尽显无遗。

萨宁的身后，有一匹马突然抖动了一下；他自己不由得也从头到脚打了个寒战。他脑子里一片混沌——神经全绷紧得像琴弦一样。难怪他说他连自己也都感到陌生……他真的中了邪。他全部的心思只被一个……一个想法，一个欲望充满。玛丽亚·尼古拉耶芙娜明察秋毫地看着他。

“瞧，现在一切都像模像样了，”她戴上帽子说，“您不坐下来吗？坐这里来！不，稍等一下……别坐。这是什么声音？”

树顶之上，还有森林的空气中，滚过一阵振聋发聩的震颤。

“难道打雷了？”

“好像的确是雷声。”萨宁回答。

“啊，这像是过节一般！简直是节日！就缺这个啦！”轰隆隆的雷声又响了一声，一下子升上去——紧接着一声霹雳。

“好啊！ Bis！[1]您还记得，昨天我对您讲过的《伊尼特》吗？要知道他们在森林里也是遭遇到了雷暴。不过得走了。”她很快站起身。“帮我把马牵过来……扶紧我的手。就是这样。我不沉。”

她像小鸟儿一样飞上马鞍。萨宁也骑上了马。

“您，回家吗？”他用犹疑的声音问道。

“回家？”她一字一顿地问，拉起了缰绳。“跟我来。”她几乎粗暴地命令道。

她骑马上了一条小路，骑过红十字架，下到了谷地，走到一个十字交叉口，往右一拐，又进山了……看得出来，她知道这条路通往哪里——这条路一直越来越深地往森林深处延伸。她什么也没说，也没回头；她领着他一直往前走——而他乖乖地、驯服地跟在她后面，一颗麻木的心没有任何想法。小雨稀稀拉拉下了起来。她打马加快了步伐——他也不甘落后。最后，穿过一片苍翠的云杉树荫，在一座灰色的崖壁石帘之下，一间有着低矮的门、树枝编织的篱笆墙的简陋护林小屋映入他的眼帘……玛丽亚·尼古拉耶芙娜硬是让马穿过树丛，就跳下了马——刚一走到小房子入口，她猛然朝萨宁转过身来，低声说：“做我的伊尼斯吗？”

四小时之后玛丽亚·尼古拉耶芙娜和萨宁，在那位骑在马

1　拉丁语：再来一个！

鞍上直打盹的跟班仆人护送下回到了威斯巴登宾馆。波洛卓夫先生迎接了自己的夫人，手里拿着那封写给管家的信。不过，又再认真地看了看她之后，他的脸上露出一种不满的表情——甚至嘟哝了一句：

“难道我又输了赌局？”

玛丽亚·尼古拉耶芙娜只是耸了耸肩。

而在同一天，两小时过后，在自己的房间里，萨宁站在她的面前，完全像是一个失魂落魄的人，一个死人……

“你到底去哪里？”她问他，“去巴黎还是回法兰克福？”

“你去哪里，我就去哪里——而且一直跟着你；直到你撵我走为止。”他绝望地回答，扑上去吻自己女主人的手。她挣脱出来，将两手放在他的头上，用十个手指头抓住他的头发。她缓缓地摩挲和旋转着这些惟命是从的头发，她全身挺直，嘴角露出一种得意扬扬的神情——而那双睁得大大的、亮得发白的眼睛闪现出一种残忍的呆滞和胜利的满足。撕咬被自己捕获的小鸟儿时的老鹰，就是这样一种眼神。

43

这就是德米特里·萨宁在寂静的书房里翻阅自己那些旧信件、找到埋在其间的那枚镶着石榴石的小十字架时所想起来的往事。我们讲述的这些事在他脑海里一幕一幕清晰地浮现……但是，一想到那个时刻，想到他如此这般向波洛卓夫太太颜面尽失地恳求，想到他拜倒在她的脚下，想到自己被奴役生活的开始——他竭力躲开了这些被他唤醒的形象，他不想再回忆下去。并非是他记性不好——噢，不是！他知道，他太知道那个时刻后面接下来又发生了些什么，但是他羞愧难当——即便是现在，许多年过去了依然如此；他害怕那种难以遏制的鄙视自己的情绪，这种情绪，不断潮水般向他涌来，他毫不怀疑一旦他不强迫自己的记忆沉默，这种情绪就会巨浪般淹没其他所有剩余的情感。但是无论如何他无法回避业已涌现出来的这些回忆，他做不到完全压制它们。他想起了他寄给杰玛的那封差劲的、带着哭腔、谎话连篇、可怜兮兮的信笺，那封没有回复的信笺……去找她，回到她的身边——在这些欺骗之后，这些背叛之后——不！不！他的心里还有些许良心与诚实。何况他对自己已经失去了一切的信任、一切的尊重：他已经什么事都不敢担保了。

萨宁还记得他后来——唉，耻辱！——怎样打发波洛卓夫的仆人跑去法兰克福取回自己的衣物，怎样胆怯，怎样盼着一件事情：快点到巴黎去，到巴黎去；怎样遵照玛丽亚·尼古拉耶芙娜的旨意巴结和讨好伊波利特·西多雷奇——还有要跟顿戈弗客客气气相处，他发现顿戈弗的手指上戴着一枚跟玛丽亚·尼古拉耶芙娜送给他的那枚一模一样的铁戒指！！！后来的一些回忆更糟糕、更丢脸……服务生给他送来一张名片——上面写着庞塔列奥内·齐帕朵拉，莫登斯基公爵殿下的宫廷歌手！他躲着老头，但还是在宾馆走廊里撞见了他——他的面前是一张怒发冲冠下被激怒的脸；一双像炭火般燃烧的老人的眼睛——听得见他雷霆般的叫喊与咒骂："Maledizione![1]"甚至听到了可怕的骂人话："Codardo! Infame traditore![2]"萨宁眼睛微闭，不断摇头，一而再再而三要躲开它们——可还是看见自己坐到了旅行马车前面狭窄的座位上……后面舒服的位置上则端坐着玛丽亚·尼古拉耶芙娜和伊波利特·西多雷奇——四匹马沿着威斯巴登宽阔的街道一路愉快地奔跑——到巴黎去！到巴

1　意大利语：该死！（原注）

2　意大利语：胆小鬼！卑鄙的负心汉！（原注）

黎夫！伊波利特·西多雷奇啃着一只，他，萨宁为其削好的梨，而玛丽亚·尼古拉耶芙娜看着他，向他，一个已被驯服为奴的人，露出那种他早就熟悉的冷笑——一种作为主子、占有者的冷笑……

但是，我的上帝啊！就在那儿，街角处，离城门口不远的地方，莫非是庞塔列奥内又跑这里站着来了——还有个人跟他一起？难道是埃米利奥？是的，正是他，那位充满热情、待人真诚的男孩子！不久前他一颗少年之心还景仰着自己的英雄、偶像，可现在埃米利奥那张苍白漂亮的脸——如此漂亮的脸蛋，以至于玛丽亚·尼古拉耶芙娜也看到了并从车厢里探出头来——这张美丽大方的脸上此刻却布满了仇恨和鄙视；一双眼睛，多么像那双眼睛啊！——死盯着萨宁，嘴巴紧闭……终于气得又猛然张开……

而庞塔列奥内伸出手，指着萨宁——指给谁看呢？——旁边站着的塔尔塔利亚，于是塔尔塔利亚冲着萨宁吠叫起来——这条忠诚有加的小狗的吠叫不啻令人难以忍受的欺侮……岂有此理！

而那里——在巴黎的生活和那些低三下四、那些不许嫉妒不得抱怨、奴隶般可怕的痛苦……到最后，他像一件穿破的衣服般被抛弃……

再后来，回到俄国，被毒害了的、空虚的生活，琐碎的忙碌，鸡毛蒜皮的操持，痛苦不堪而又徒劳的追悔莫及，还有同样徒劳、痛苦的忘却——惩罚看不见，但是无时无刻不在，经久不衰，好像一场不是很严重但又无法治愈的疾病，好像一戈比、一戈比地还债，但不能一次性还清……

生不如死——简直受够了！

杰玛送给萨宁的这枚小十字架如何得以幸存，为何他没有将其归还，为何在此之前他竟然一次都没碰过这枚小十字架？他久久地、久久地坐在那里冥想——教训够多的了，经年流转，他还是不能理解，他怎么能够为了一个他压根儿都没爱过的女人而抛弃如此温柔的、他疯狂爱恋的杰玛？……转天，他让所有的亲朋好友都大吃一惊：他跟他们宣布他要出国生活去了。

消息传开，人们都大惑不解。隆冬时节，尽管已租好了一套非常好的公寓、家具也添置得一应俱全，甚至预定好了帕蒂夫人——帕蒂夫人亲自、亲自、亲自！——参加的意大利歌剧演出，但萨宁还是离开了彼得堡。亲朋好友们都迷惑不解；而人的天性是，但凡操心别人的事情一向都不会太久，所以当萨宁出发到国外去的时候——就只有一位法国裁缝到火车站去送他，他是希望收回没付清的欠账——“pour un saute-en-barque en velours noir, tout à fait chic[1]”。

1　法语：做一件最时髦的黑色呢绒翻领大衣的工钱。（原注）

44

萨宁跟朋友们说他出国去了，但没说到底去哪里：读者很容易就猜到，他马不停蹄径直跑到法兰克福来了。得益于四通八达的铁路，离开彼得堡的第四天他就抵达了那里。从一八四〇年起他再未踏足法兰克福。“白天鹅”宾馆还在老地方，生意兴隆，尽管已不再属于最豪华的宾馆；策伊尔街，法兰克福最主要的街道之一，没什么大变化，可惜的是不仅洛泽里太太的房子，还包括她家糖果店所在的那条小街，都一点儿痕迹也找不到了。萨宁像个疯子一样各处徘徊，曾经那么熟悉的地方，却已面目全非：以前的建筑物都消失了；建起的那些高楼大厦、高档别墅组成的崭新街区取代了它们；甚至他跟杰玛最终表白的那个公园也已是草木葱茏，变化大得萨宁都禁不住问自己——得了吧，这还是那个公园吗？他该怎么办才好？他要怎样打听，到哪里去打听呢？三十年都过去了……真不是件容易的事！

他问了很多人——连一个听过洛泽里名字的人都没有；宾馆老板建议他到当地公共图书馆去试试：老板说他在那里，能找到当年所有的旧报纸，但是否有用——老板也说不好。失望之余，萨宁只好提到了克柳别尔先生。老板很熟悉这个名字——但还是落了空。这位卓尔不凡的商人，生意做得声名远扬，都攒到了被称为资本家的身价，最后生意亏本赔了钱，破产，最后死在了监狱里……不过呢，这则消息未引起萨宁一丝一毫的伤心。他已经觉得自己的旅行稍微有点考虑不周……但有一回，翻阅法兰克福地址黄页簿时，他看到了退役少校（Major a. D.）冯·顿戈弗的名字。他马上坐上马车去拜访他——这位顿戈弗就肯定是那位顿戈弗吗？那位顿戈弗就一定会把洛泽里家族的消息告诉他吗？无所谓了：就当快淹死的人抓到了一根救命稻草。

萨宁幸运地碰到退休少校冯·顿戈弗在家——并立刻认出了接待他的这位头发花白的先生正是当年的决斗对手。对方也认出了萨宁，甚至对他的到来表示高兴：这又勾起了他对青春还有年轻时代恶作剧的回忆。萨宁从他那里得知，洛泽里一家早就移居美国纽约去了；杰玛嫁给了一位批发商人；并且还说，他，顿戈弗有一位熟人也是批发商，跟美国的生意往来很多，有可能会知道杰玛丈夫的地址。萨宁请顿戈弗去找一趟他这位朋友，哈——真高兴！——顿戈弗给他带来了杰玛丈夫，叶列米亚·斯洛柯姆先生的地址：Mr. J. Slocum, New York, Broadway, No.501。——只不过这个地址还是一八六三年的。

“但愿，”顿戈弗大声说，“我们法兰克福过去的美人还健在，也没有离开纽约！另外，”他压低声音接着问，“那位俄罗斯太太，您还记得，就是那时候住在威斯巴登的——冯·波……冯·波卓洛夫——还健在吗？”

“不，”萨宁回答，“她早就死了。”

顿戈弗抬起眼睛，但看到萨宁脸色不好又转过身去，没再说话就告辞了。

当天萨宁就给在纽约的杰玛·斯洛柯姆太太寄去了一封信。信中他告诉她，他这封信是在法兰克福写给她的，而他来此地唯一的目的就是为了找寻她的消息；还说他很清楚，他完全没有一丝一毫的权利要求她给他回信；他一点儿都不值得她原谅——唯一的希望就是她在享受幸福的生活之余早就已经忘记了他的存在。他还补充说，他完全是因为一个偶然的机缘才决定给她写信的，这个机缘激活了他内心对过去鲜活的回忆；他对她讲述了自己的生活，孤独、没有成家、毫无乐趣的生活；祈求她能理解他写信给她的原因，他不能把忍受了很久但仍未消解的对自己罪责的痛苦回忆带进坟墓——他祈求她写一封哪怕是最短的字条告诉他，她离开后在那里的生活怎样，好让他高兴高兴。“哪怕就只给我写一个字，”他在信中这样结尾，“您将会做一件跟您美好心灵相称的善事——我也将感激您，直到一息尚存，我住在这里，‘白天鹅’宾馆（他划上了着重号），一直等——等到春天——等着您的回信。”

他寄走了这封信就开始等。他在宾馆里住了整整六周，几乎足不出户，谁都一概不见。无论从俄罗斯还是别的地方谁都不能写信过来给他；这正合他的心意；一旦有信寄到，他就知道那就是他要等的信。一天到晚他都在读书——不是杂志，而是严肃的书籍，历史著作。这种持续的阅读，这种缄默，这种蜗牛般的幽居生活——所有这些跟他的心灵状态非常契合：单为这个他都要感谢杰玛！但她还健在吗？她会回信吗？

信终于到了——贴着美国邮票——从纽约寄来，收信人是他的名字。寄信地址的开头写的是英文……他不认识，他的心一阵抽紧。他没敢一下子拆开信封。他看了一眼发件人签名：杰玛！眼泪夺眶而出：仅此一点，她签自己名字的时候没有签上姓氏——对他而言就不亚于是一种和解与宽恕！他展开薄薄的蓝色邮局信纸——从里面滑落一张照片。他急忙捡起来——一下子呆住了：是杰玛，活着的杰玛，是他三十年前就认得的年轻杰玛！还是那样的眼睛、那样的嘴唇、那样的脸型！照片的反面写着“我的女儿，玛丽扬娜”。这封信亲切朴实。杰玛感谢萨宁毫不犹豫地给她写信、继续信任她；她没有隐瞒他逃走之后她的确度过了一段非常艰难的日子，但马上又补充，她还是认为，并始终认为跟他认识是一件幸福的事情，因为正是认识他才阻止了她成为克柳别尔先生的妻子，这样，尽管是间接的，但也是她与现在丈夫结合的原因，他们已共同生活了二十八年，幸福、美满和富足：他们家族闻名全纽约。杰玛还告诉他，她有五个孩子，四个儿子和一个十八岁的女儿，女儿已经是一位未婚妻了，照片她寄给了他，因为人家都说女儿跟自己的母亲非常像。杰玛把不好的消息放到了信的结尾。随女儿女婿一道来美的莱诺拉太太在纽约过世了——不过她赶上了分享孩子们的幸福，照顾晚辈；庞塔列奥内原本也计划赴美，但在即将离开法兰克福的时候去世了。“埃米利奥，我们亲爱的、无与伦比的埃米利奥——为了祖国的自由，被编入伟大的加里波第领导的那个‘千人红衫军团’，在西西里岛光荣牺牲；我们全家都为失去我们珍爱的弟弟而恸哭哀悼，但是，流泪之后，我们为他感到骄傲——永远为他骄傲并将深深地怀念他！他无私和崇高的灵魂无愧于捐躯者的花环！”随后，对于萨宁把生活搞得好像一团糟的境遇，杰玛也表达了同情，希望他首先不要着急，安下心来，并说她将非常高兴见到他——虽然明知这种可能性极小……

萨宁读这封信的感受我们无法描述。这种感受没有令人满意的表达方式：它们比任何语言都更深邃、更强烈——任何语言都无法表述。唯有一样可能传达这种情感的，那就是音乐。

萨宁即刻写了回信——他还把石榴石小十字架镶到了一串华美的珍珠项链上，作为一个无名朋友的礼物送给了还未出嫁的“玛丽扬娜·斯洛柯姆”。这份礼物尽管非常昂贵，但不会使他破产：从他第一次到法兰克福之后的三十年里，他积攒了可观的财富。五月初他回到了彼得堡——但不会待太久。只听说他要卖掉自己所有的庄园，打算去美国。

屠格涅夫主要作品创作年表

诗歌

《黄昏》（1838）

《帕拉莎》（1843）

随笔集

《猎人笔记》（1852）

散文

《回忆别林斯基》（1869）

戏剧

《单身汉》（1849）

《首席贵族的早餐》（1849）

短篇小说

《奇怪的故事》（1870）

《契尔诺普哈诺夫的末日》（1872）

中篇小说

《多余人日记》（1850）

《木木》（1852）

《阿霞》（1858）

《初恋》（1860）

《旅长》（1868）

《不幸的姑娘》（1869）

《草原上的李尔王》（1870）

《春潮》（1872）

《爱的凯歌》（1881）

长篇小说

《罗亭》（1856）

《贵族之家》（1859）

《前夜》（1860）

《父与子》（1862）

《烟》（1867）

《处女地》（1877）

作品年表

著作

《黄昏雪》(1990)

《驿》(2001)

《青皮林》(2015)

《学会爱再死去》(2017)

译著

《奥尔皮里的秋天》(2017)

译者简介 | 骆家

译者骆家，本名刘红青，诗人、翻译家、摄影师。1966 年生于湖北。1988 年毕业于北京外国语大学。

上世纪八十年代开始诗歌创作与翻译。

著有自选诗集《黄昏雪》，出版诗集《驿》《青皮林》《学会爱再死去》，译著《奥尔皮里的秋天》等。曾获 2018 深圳第一朗读者最佳翻译奖。

2018 年签约作家榜，倾心翻译《初恋》《春潮》。现居深圳。

作家榜经典文库®

★★★★★★★★★★

读经典名著，认准作家榜

作家榜，创立于2006年的知名文化品牌，致力于促进全民阅读，推广全球经典，连续13年发布作家富豪榜系列榜单，引发全球媒体关注华语作家，努力打造“中国文化界奥斯卡”。

旗下图书品牌“作家榜经典名著”系列，精选经典中的经典，凭借好译本、优品质、高颜值的精品经典图书，成为全网常年热销的国民阅读品牌，在新一代读者中享有盛誉。

策　　划｜作家榜
出　　品｜

出 品 人｜吴怀尧
总 编 辑｜周公度
产品经理｜俞延澜
版式设计｜陈　芮　董亚茹
封面插图｜Tetsuhiro Wakabayashi
封面设计｜梁　星
内文插图｜Tetsuhiro Wakabayashi
产品监制｜陈　俊
特约印制｜朱　毓

官方电话｜021-60839180

作家榜抖音号
每周直播荐好书

作家榜官方微博
每周免费送好书